KB131413

밥을 먹다가
생각이 났어

이 책은 실로 꿰매어 제본하는 정통적인 사철 방식으로 만들어졌습니다.
사철 방식으로 제본된 책은 오랫동안 보관해도 손상되지 않습니다.

지속 가능을 위한
비거니즘 에세이

손수현

×

신승은

열린책들

차례

Intro

보이지 않는 손

비거니즘Veganism이 트렌드라는 말이 있다. 어쨌든 좋지만 사실은 나쁘다. 저 문장에서 〈비거니즘〉 대신에 〈채식〉을 쓰면 괜찮아 보이기도 하지만, 비거니즘은 채식에 그치지 않는다. 오히려 채식보다는 동물권에 가깝다. 모든 종류의 동물 착취에 반대하는 삶의 방식이자 철학이기 때문이다. 이런 태도로 세상을 살아가는 사람들을 비건Vegan이라 한다. 동물권이 트렌드라고 하면 이상하지 않은가? 인권이 트렌드라고 하면? 그 유행이 지나면 어떻게 되는 것일까. 유행이든 뭐든 육류 소비량이 조금이라도 줄면 다행이다. 그렇지만 지속성에 대해 이야기하고 싶다.

어떤 운동을 실천하는 사람이 잘 먹고 잘 사는 모습을 보여 주는 것이 하나의 설득 방법이라고 한다. 그래서 내가 잘 먹지 못하고 잘 살지 못하는 것을 보여 주게 될까 봐, 비건 지향인으로서 대표성을 띠고 전체의 비난을 사게 될까 봐 겁이 나기도 한다.

두려움을 딛고 글을 쓰기로 했다. 잘 먹기도 하고 잘 못 먹기도 하고 잘 살기도 하고 좀 못 살기도 하는 이야기들이다. 비거니즘과 끈끈한 관계성이 없어 보이는 글들도 있을 것이다. 어쨌든 비건을 지향하는 두 개인의 이야기다. 이 삶을 드러내는 목적은 다시 앞서 말한 지속성으로 이어진다. 이렇게도 할 수 있구나, 이렇게 사는 사람도 있구나, 별나구나, 평범하구나……. 무엇이든 비거니즘에 대한 벽을 조금이라도 허물 수 있길 바라며 썼다.

안타깝게도 완벽한 사람은 없다. 목표를 완벽으로 삼았을 때 매 순간 불행했다. 지금의 목표는 〈계속〉이다. 가끔 완벽하지 못하다는 자책감이 스멀스멀 올라오지만 계속하는 데에 집중하고 싶다. 이 책을 읽는 누군가도 그랬으면 좋겠다. 느리더라도, 가끔 멈춰 서더라도, 심지어 넘어지더라도 계속해 보았으면 좋겠다. 이따금 주변을 둘러보면서, 혼자 걷는 것이 아니라 같이 걷고 있음을 확인하면서.

이 책은 손수현과 신승은이 함께 걸으면서 나누어 쓴 일기다. 우리의 인연은 수현이 나의 공연을 보러 오면서 시작되었다. 지금은 친구들과 함께 다세대 주택의 위아래 층에 사이 좋은 버섯들처럼 모여 산다. 일상적이고 친근한 비건 음식을 번갈아 소개하자는 것이 애초의 목표였다. 비건으로 먹고 사는 일에 대한 고찰은 여성이자 인간 동물, 프리랜서 창작자로 살아가는 일로 넓어지고 깊어졌다. 그만큼 고심하며 쓴 이야기들이다. 현재의 삶과 생각이 버무려진 책이다.

처음 페스코 식단을 실천했을 때가 생각난다. 손수현이 자기는 페스코 베지테리언이라 했고, 나보고 뭐 어쩌자는 말 한마디 없었지만, 그냥 나도 그렇게 됐다. 보이지 않는 손을 내밀어 주었고, 나는 덥석 잡았다. 이 책도 누군가에게 그런 보이지 않는 손이 될 수 있길 희망한다. 애덤 스미스 말고요.

A side

꽃향기는 왜
난생처음 맡는 것 같은지

승은

마스크를 끼고 나서부터는 계절의 의미가 온도 이상으로 크게 다가오지 않는다. 산책이라도 하면 꽃 피고, 물들고, 눈 내리고, 다시 꽃 피는 것을 쉽게 볼 수 있을 텐데, 공원과 딱 붙어 살면서도 시국과 성격의 조합으로 나는 집 밖에 거의 나가지 않았다. 이따금 일하러 나갈 때 마트에 들러 식자재를 사 오고, 가끔은 탄소 발자국을 외면하며 인터넷으로 주문을 했다.

매해 벚꽃이 피면 사진 한 장씩은 찍었던 것 같은데 코로나 이후 세 번째로 맞는 봄, 풀잎 사진 한 장 찍지 않았다. 어쩌다 마주쳐도 〈노란 것은 개나리〉 하며 쓱 지나쳤다. 전에 느끼던 것을 못 느끼게 되었다는 것을 감지하곤 〈이것이 우울증의 증상일까?〉 하면서 처졌다.

나는 아르바이트로 기타 레슨을 하고 있다. 하루는 수강

생분이 노란 종이 옷을 두른 노란 꽃을 선물해 주셨다. 꽃향기는 왜 항상 난생처음 맡는 것 같은지. 꽃과 코를 할 수 있는 한 가장 가까이, 그러나 닿지는 않을 만큼 유지하며 킁킁댔다. 봄인가 봐, 슬쩍 느꼈다.

그간 안 좋은 일을 겪으면서 나의 관심은 세상보다는 나의 비극으로 쏠렸다. 그러다 보니 무감각해진 것 같아 또 속상했다. 봄인 줄도 모르니? 사람들은 힘든 시간을 겨울에, 그다음에 오는 봄을 새로운 희망에 비유하곤 한다. 그래서 내가 봄을 못 느끼는 게 더 답답했다.

승은이는 나물을 잘하지. 친구들이 해줬던 말을 기억하며 각종 봄나물을 샀다. 얼갈이, 세발나물, 참나물, 쌈 채소, 그리고 처음 사보는 두릅과 당귀까지……. 두릅은 손질법을 몰라서 검색해 보았다. 두릅에도 종류가 있고 내가 산 것은 땅두릅이었다. 밑동을 다듬고 가시를 칼등으로 살살 긁어내고 깨끗이 씻었다. 맹물에 넣어 흔들고 쌀뜨물에 넣어 흔들고 수없이 흔들어도 계속 흙이 나왔다. 주머니에 흙을 담고 있다가 조금씩 뿌리나 싶을 정도였다. 한참 세척하고 데쳤다. 얼갈이와 세발나물은 같이 무치고, 참나물은 따로 무쳤다. 당귀는 쌈 채소와 곁들여 먹으려고 깨끗이 씻었다.

싱그러운 한 상을 보니 기분이 좋다. 얼갈이 세발나물 무침으로 익숙하게 시작을 한다. 상추에 내가 좋아하는 양념한 콩고기를 넣고 당귀 잎을 조금 뜯어 넣어 크게 한입 먹는다. 한약재 맛이 난다. 한약은 혀에만 닿아도 구역감이 있는데 이건 묘하게 중독된다. 다음으로 참나물무침을 한 움큼 먹는다. 참나물 향은 뭐랄까, 당귀가 한의원 원장이면 참나물은 화선지에 난 좀 쳐본 선비다. 고추장, 설탕, 식초를 섞어 만든 초장에 두릅을 콕 찍어 먹는다. 어쩜 이렇게 다 다를까. 아휴, 이것저것 거부하고 밀어내기 바쁘던 폐쇄적인 몸에 봄을 채워넣으니 몸 안이 푸르러지는 듯하다. 나물이, 채소가 너무 좋다. 다 달라서 너무 좋다. 연신 그렇게 생각하며 봄 밥상을 먹는다.

다른 걸 다르다고 느끼지 못하게 되는 것은 슬프다. 〈이 세상의 모두가 똑같이 평등해요〉라고 말하는 것은 무심하다는 증거다. 난 무심해지고 싶지 않다. 세상의 변화에 민감하게 반응하고 싶다. 이 문장은 사회적이고 개인적인 두 가지 측면을 지닌다. 사회적인 측면에서는 소수자와 약자의 문제, 내가 모르고 행하는 혐오를 인지하고 싶다는 뜻이다. 개인적인 측면에서는 봄이 오는 것, 꽃이 피는 것, 친구의 아픔, 나아가 봄나물의 갖가지 맛을 느끼고 싶은 마음을 담는다. 적고 보니 두 의미가 맞닿은 점이 보인다.

나물들은 다 다르다. 누군가에게는 그저 다 같은 야채 코너의 풀들이겠지만 달래는 달래대로, 머위는 머위대로, 시금치는 시금치대로, 호박잎은 호박잎대로 다르다. 그러니 그 조합도 다르다는 당연한 이치를 가끔 잊을 때가 있다. 적상추에 당귀를 싸 먹는 것과 청상추에 치커리를 싸 먹는 것은 다르다. 여러 가지 야채들을 늘어놓고 이래저래 따로 또 같이 먹다 보면, 미각을 통해 그 다양한 다름을 느끼게 된다. 맛의 다름도 있지만 가장 큰 다름은 계절의 다름일 것이다. 계절이 달라졌다는 것, 봄이 왔다는 것.

퓨어킴의 「요」라는 노래에 〈사람에게 위로받는 건 받아본 사람만 할 수 있어서 그런 거 없어 본 사람은 산에 들어가 안 나오고, 자연에게 위로받는 건 해본 사람만 할 수 있어서〉라는 가사가 나온다. 정확한 인과 관계는 모르겠다. 근데 봄나물들을 먹고 나니 〈자연에게 위로받는〉 기분이다. 갚지도 못할 빚을 또 져버린 건가 싶지만, 이 글을 읽고 육식을 즐기던 누군가가 오늘 저녁 콩고기에 봄나물 한 끼를 먹는다면 이자의 이자의 이자라도 어떻게 해결 안 될까요?

봄을 부르는 나물 밥상

1 hour

당귀, 두릅, 상추, 얼갈이,
세발나물, 참나물, 콩고기

1. 두릅 밑동을 다듬고 칼등으로 가시를 살살 긁어낸다.
2. 얼갈이, 세발나물, 참나물, 두릅을 물에 깨끗이 씻고 데친다.
3. 얼갈이와 세발나물은 같이 무치고, 참나물은 따로 무친다.
4. 콩고기를 구워서 상추에 올리고 당귀 잎을 넣어 쌈을 싼다.
5. 고추장, 설탕, 식초를 섞어 만든 초장에 두릅을 콕 찍어 먹는다.

메모 봄나물을 하나하나 다듬으며 얼어붙은 마음도 정리해 본다.

그래도 해야지?

수현

나물은 손이 많이 간다. 풍성한 풀이 데치고 볶으면 히마리라곤 전혀 없는 한 줌의 반찬으로 변하기 때문에 간단해 보이지만 그렇지 않다. 게다가 나물은 혼자 있는 법이 없으니까. 각각의 종지에 정갈한 모양으로 담긴 채 모여 있는 모습은 쉽사리 오해를 산다. 시금치나물, 그 옆에 세발나물, 또 옆에는 숙주나물, 고사리나물, 도라지나물, 참나물, 취나물……. 풀만 다듬으면 되는데 간단하지 뭐. 눈이 돌아가도록 푸르고 무른 나물을 하도 보다 보니까 〈그게 그거지〉 싶은 것이다. 어렵지는 않아도 번거로운 일임이 분명한데도.

나물을 만드는 일은 물론이고 세상에는 번거로운 일이 참 많다. 눈을 뜨고 잘 때까지 일상을 유지하기 위한 모든 일이 그렇다. 밥을 먹고 나서 치우고 설거지를 하는 일도, 어차

피 쌓일 고양이 털을 아침마다 털어 내고 매일 빠지는 머리카락을 일일이 주워 대는 일도, 또 자라날 손톱을 수시로 깎아 주거나 매일 입는 옷과 매일 덮는 이불을 빨아 내는 일 외에도 수도 없다. 그리 어려운 일이 아닌데도 막상 하려면 아주 귀찮은 기분이다. 그렇다고 미뤄 두면 산더미가 되어 버려서 결국 지게차를 끌고 와야 하는 지경이 되기 때문에 조치가 필요하다. 이를테면 마법의 주문 같은 걸 외운다든가. 미뤄 둔 일이 있을 때, 쳐다도 보고 싶지 않을 때, 슬쩍 휘둘러 보면 나도 모르게 몸이 일으켜지는 〈세일러 문〉의 요술봉 못지않은 주술이 있다.

그래도 해야지?

일상의 사전적 정의는 〈날마다 반복되는 생활〉이라 한다. 그 문장, 참으로 납작하단 생각이 들면서도 어쩐지 가끔은 마치 잃어버린 양말 한 짝처럼 꼭 맞는다. 원치 않아도 날마다 똑같은 모습으로 돌아오기 때문에 매일같이 치러 내야만 한다. 일상을 잘 보내기란 말이 쉽지, 반복되는 작업은 금세 손에 익고 그런 이유로 자칫하면 무너져 내리기 일쑤인 것이다.

다음이라는 희망이 보장되지 않은 일상일수록 더더욱 그렇다. 일이 없다. 내일도 없어. 그렇다고 하루를 날릴 순 없고 뭐라도 해야 한다. 그런 마음으로 시작되는 하루가 이틀이 되고 일주일을 지나 한 달을 넘기면 일상이란 양말이 되어 버리고 만다. 오래 신은 양말 같은 것이.

나는 프리랜서로 살고 있다. 배우라는 그럴듯한 이름으로 불리지만, 어쨌든 넓은 의미에서 프리랜서다. 촬영 기간을 제외하면 주로 집에서 시간을 보낸다. 누군가는 부러워할 것이란 걸 알고 있다. 실제로 영화 「오피스」 제작 발표회에서 이런 말을 했다가 욕을 대차게 먹은 적이 있다.

「아침에 커피 한 잔씩 손에 들고 자기 자리로 출근하는 회사원을 한때 꿈꾼 적이 있어요.」

세상 철없는 소리를 한다고 욕을 먹었다. 일면 이해가 간다. 밤새 야근하고선 졸린 눈을 비비며 새벽녘부터 출근하는 직장인의 고충을 모를 리가 있나. 잠을 깨기 위해 빈속에 커피를 들이켠다. 칸막이가 쳐진 자리와 목에 건 사원증은 찢어 낼 수 없는 계약서이자 부술 수 없는 도장일 텐데 숨이 막힐 것이 분명하겠지.

회사에 다니는 친구는 종종 이런 꿈을 꾼다고 한다. 가고 싶은 회사에 스카우트되었는데 지금 다니는 회사에서 30년을 마저 일해야 해서 못 가는 꿈. 나는 한 번도 꿔본 적 없는 꿈이 신기하면서도 너무 슬픈 꿈인 것이 분명해서 듣는데 마음이 아렸다. 한편 나는 이런 꿈을 자주 꾼다. 당장 촬영에 들어가야 하는 상황에서 대본을 하나도 못 외운 꿈. 볼일이 급하다고 핑계를 대고 화장실에 쭈그려 앉아 대본을 외우려는데, 그럴 때면 글자가 하나도 안 보이거나 맥락이 없는 단어가 줄줄이 나열되어 있다. 결국 도망갈까 고민하다 몸부림을 치며 꿈에서 깬다. 내 꿈 이야기를 들은 친구도 마찬가지로 처음 듣는 꿈이라며 신기해했다. 그렇듯 다른 일이다. 특정한 노동이 우위에 있을 수도, 밑에 깔릴 수도 없는 것처럼 프리랜서의 삶도 그다지 녹록지 않다는 것이다.

프리랜서인 내 얘기를 좀 더 해보자. 첫 번째로 내가 겪는 어려움은 일과 휴식 공간의 분리가 어렵다는 것이다. 집이 되게 커서 작업할 공간을 골라잡아 출근하면 좋겠다마는 어찌 됐건 집이라는 사실에 변함이 없다. 물이라도 한잔 마시러 주방에 가면 눈에 밟히는 일이 한두 가지가 아니다. 하다못해 싱크대 주변의 물기라도 훔치게 된다. 일상과 일이 뒤섞이는 순간이다. 퇴근하고 나서도 쉬는 게 쉬는 것 같지 않은 이 기분은 여기에서 오는 걸까.

출퇴근이 없는 굴레가 프리랜서의 숙명이라면 차치하고 어려운 점은 또 있다. 바로 불규칙하게 들어오는 수입이다. 다음 달 월세 어떻게 내지? 다음번에 과연 일이 있을까. 기약 없는 기다림이 반복될 때 불안은 차곡차곡 탑을 쌓는다. 어쩌다 생긴 수입이 월급으로 잡혀서 일일이 해촉 증명서를 떼야 하는 번거로움과 불안에서 파생되는 우울함은 덤이다. 나도 계획 좀 세우면서 살아 보고자 호기롭게 적금을 들었다가 해지하는 일을 몇 번이고 반복하다 보면 〈이게 뭐 하는 짓인가〉 싶은 것이다.

물론 나름의 장점도 있다. 스스로 일을 꾸리고 오롯이 내 방식대로 진행할 수 있다든가, 일 없는 날에 늦잠 잘 수 있는 거. 하지만 누구나 자기 선택에 그런대로 만족하며 살다가도 불안에 몸서리칠 때가 있지 않나. 오늘이 그런 날인가 보다. 투정 한번 부려 봤다.

나는 간간이 글을 쓰고 연기를 한다. 지금은 놀고 있지만 언제 닥칠지 모르는 일을 해내기 위해서 일상을 잘 보내야 할 의무가 있다. 알람 소리에 맞추어 몸을 일으킨다. 고양이들을 쓰다듬으며 아침 인사를 건네고서 주방으로 간다. 설거지를 하고 밥을 안친다. 창문을 활짝 열고 청소기를 쓱쓱 돌린 다음 냉장고 앞에 털썩 주저앉아 뭘 먹을까 고민한다.

꼬불꼬불 엉켜 있는 냉이가 눈에 들어온다. 나는 냉이를 좋아한다. 냉이는 된장찌개나 국수에 들어가 반가운 봄의 맛을 내주고, 그대로 무쳐도 일품이다. 오늘은 냉이를 된장에 무칠 것이다. 큰 볼에 물을 받아 서로 엉겨 붙은 냉이 머리채를 몇 번이고 헹구면서 흙을 털어 낸다. 냉이를 손질하는 일은 번거로워도 그다지 어려운 일은 아니어서 금방 끝난……. 아, 오늘따라 밥하기가 너무 싫……

……지만 그래도 해야지?

30 min

그래도 해야지, 냉이무침

냉이, 된장

1. 큰 볼에 물을 받고 냉이를 담가 놓는다.
2. 서로 엉겨 붙은 냉이 머리채를 일일이 풀어 준다.
3. 냉이를 여러 번 헹구면서 흙을 털어 낸다.
4. 끓는 물에 냉이를 넣고 살짝 데친다.
5. 데친 냉이에 된장을 넣고 조물조물 무친다.

메모 냉이 머리 감기는 김에 내 머리도 감아 보자.

내가 좀 늦었어

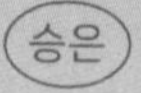

「그럼 단백질은 어떻게 해요?」

비건 지향임을 밝히면 가장 많이 듣는 말 중 하나다. 두부요, 두부. 낡은 벽 같은 두부가 대답이 되어 준다. 물론 그래도 동물성 단백질을 섭취해야 어쩌고저쩌고 이야기를 이어가는 분들도 있지만, 어차피 그분들은 내 이야기를 듣고 싶은 것이 아니라 본인의 이야기를 하고 싶은 것이기 때문에 듣기만 하면 된다. 나는 약간 느끼한 음악을 듣는 것처럼 상대의 눈을 보지 않고 끄덕거리기만 한다.

논비건Non-vegan일 때는 별로 안 좋아했는데 비건을 지향하게 되면서 좋아진 음식들이 있다. 첫 번째는 크림 파스타다. 소젖이나 닭 알이 들어간 파스타는 느끼해서 안 좋아했는데, 두유나 캐슈너트로 만든 크림 파스타는 잘 들어간다. 그

것이 오일 파스타, 토마토 파스타만큼의 친밀함은 아닐지라도 이제 좀 어색함을 벗어났다.

두 번째는 구운 고기다. 난 원래 고기를 좋아하지 않았다. 특히 냄새를 싫어해서 고깃집에 다녀온 날 옷에 밴 냄새 때문에 구역질을 할 때도 있었다. 근데 콩고기는 대환영이다. 콩고기를 굽는 날에는 깻잎, 상추, 쌈장, 파채, 풋고추까지 준비해 거하게 상을 차리는데 그날은 뭐 취하는 날이다. 육류와 비슷한 향이 나는 대체육은 조금 거부감이 들지만, 그렇지 않은 콩고기는 내 입에 잘 맞는다.

뭇국도 그렇고, 현미밥도 그렇고, 나물도 그렇고……. 전반적으로 비건을 지향하면서 음식을 더 좋아하게 되었다. 비거니즘은 무언가를 포기하고 거부하고 지양하는 부정적 과정이라는 선입견이 있었는데, 나에게는 오히려 새로운 시도를 하게 하고 더 좋아하게 되고 마음이 열리는 긍정적인 과정이 되었다.

그중에서도 가장 확연히 마음이 열린 재료가 바로 두부다. 특히 모두부는 퍽퍽하고, 무슨 맛인지도 모르겠고, 도무지 젓가락이 가질 않았다. 두부조림이나 된장찌개 속의 두부는 그래도 먹을 만한데 두부구이가 뭐랄까, 그냥 구운 것에서 끝나는 것이 미완성 같았다. 두부 자체에 별맛이라도 있으면 몰라, 뭐가 당당해서 구운 것으로 끝나는 것일까. 간장에 찍어 먹으라고? 그냥 젓가락을 간장에 찍어 먹으면 어떨까.

빵은 건포도 하나 박혀 있지 않은 맨빵(바게트)을 제일 좋아하고, 피자를 먹을 때 첫 조각은 무조건 아무것도 뿌려 먹지 않으며, 갓 지은 밥을 먹을 때면 첫입에 맨밥을 한가득 넣고 우물대며 밥 향을 느끼기도 하는 내가, 왜 두부는 그렇게 뻔뻔하다고 생각했을까. 두부구이는 마치 미용실에 가서 〈머리해 주세요〉 했는데, 머리칼을 정수리부터 끝까지 삭삭 두어 번 빗겨 주더니 〈손님, 다 되었습니다〉 하는 느낌이었다.

이제는 장을 보러 가면 꼭 두부를 산다. 간장이 떨어지면 간장과 두부를, 고추장이 떨어지면 고추장과 두부를 산다. 하도 단백질 이야기를 듣다 보니 두부는 꼭 챙겨야 할 거 같다. 두부를 며칠 먹지 않으면 왠지 나를 안 챙기는 느낌이 든다. 양념에 조리거나 찌개에 넣어 먹으면 가장 좋겠지만, 그럴 여유가 없을 때는 구워 먹는다. 들기름이나 콩기름을 두르고 오늘은 어떤 모양으로 썰지 고민한다. 음악실 의자처럼 길게 자를까, 아니면 정사각형으로 자를까. 두툼하게 해서 겉은 조금 질기고 안은 부드러운 맛으로 먹을까, 아주 작게 잘라서 튀기듯 구울까. 별로 좋아하지도 않으면서 항상 사고, 없으면 허전하고, 막상 구워 먹으면 또 별맛이 없지만 이제는 두부가 싫지 않다. 좋다기보다는 고맙다. 〈나는 별 애정을 주지 못했는데, 너는 나에게 단백질을 주었구나. 누군가 고기는 꼭 먹어야 한다고 할 때, 묵묵히 방패가 되어 주었구나〉 하고 생각하니 새삼 이곳저곳이 든든하다.

이웃에 사는 친구가 두붓집에 갔다가 네 생각이 나서 사 왔다며 비싼 손두부를 주고 간 날이었다. 그 두부는 외국인들이 〈토푸Tofu〉라고 하면 〈얘 이름은 두부예요!〉 하고 소리를 빽 지르면서 품에 안아 주고 싶을 정도의 맛이었다. 굽지도 않고 데쳐 먹었는데, 그 본연의 맛이 일품이었다. 뭐라고 형용할 수가 없었다. 입에서 살살 녹았다. 그 두부를 먹고 나니 다른 두부들은 안 그래도 눈 밖인데 성에 안 찰 줄 알았다. 한데 그렇게 두부의 진가를 알고 나니 평범한 두부들도 무슨 의도였는지 좀 더 알 것 같다.

나는 또 무엇을 새롭게 좋아하게 될까. 표고버섯과도 화해했다. 아니, 겨울 무가 이렇게 달았나? 익힌 배추가 이렇게 부드러운 맛이었어? 전에는 익숙한 것들만 찾았다면 이제는 호기심이 생긴다. 장을 볼 때 아예 가지 않는 코너가 생겼지만, 늘 가는 코너에서 보이지 않던 것들이 새로이 보인다. 전에 가던 식당을 못 가게 되었지만, 새로 알게 된 식당이 엄청나게 늘었다. 어제는 난생처음 밀가루 반죽을 해서 수제비를 해 먹었다. 다시마와 표고 채로 낸 국물이 넓고 깊은 맛을 알게 해주었다. 이전의 나였다면 손에 밀가루를 묻혀 볼 생각조차 안 했을 것이다. 누군가의 눈에는 내가 자꾸 좁아지는 것으로 보일까? 아닌데요, 저는 이제 두부구이의 맛도 압니다.

두부는 고양이로소이다

수현

두부는 척척하다. 그리고 소심하다. 팩에 담겨 물에 동동 떠 있는 모습이 애처롭기 짝이 없다. 이름도 어쩌다가 두부다. 〈ㅜ〉가 연달아 나오니 발음마저 척척해서 땅으로 꺼진다. 작게 웅크리고 앉아 있던 두부를 들어 올리는 건 털에 물을 잔뜩 머금은 슈짱*을 들어 올리는 느낌과 비슷하다. 그러고 보니 색깔도 비슷하다. 두부로 뭔가를 하려면 일단 물기를 없애야 하는데, 그 과정도 슈짱의 털을 말리는 과정과 비슷하다. 털어도 털어도, 짜도 짜도 나오는 물. 타월은 서너 장 준비하고, 마른 헝겊을 손목이 휘도록 짜대야 한다. 이쯤 되면 의심이 든다. 얘네 원래 물 아니야?

아니다, 콩이다. 나는 콩을 그다지 안 좋아한다. 콩밥이라는 말 때문일까? 비슷한 맥락에 놓인 두부는 좋은 걸 보니 그런 문제라기보다는 대놓고 고소한 콩이 부담스러운 걸 수도 있겠다. 아무튼 두부를 좋아한다. 특히 두부구이를 좋아해서 대체로 그렇게 먹는다.

프라이팬을 가스 불에 달구고 들기름을 적당히 두른 뒤 썰어 놓은 두부를 얹는다. 조금만 기다리면 두부의 틈 곳곳에 들기름이 스며들며 지글거리기 시작하는데, 두부에는 물기가 많아 맛있게 구우려면 인내가 필수다. 조금만 참아 보자. 곧 두부의 겉면이 누런빛을 띠면서 빠삭해질 것이다.

이건 갑자기 다른 얘기인데, 들깨 잎사귀가 깻잎이라는 사실을 아셨나요? 그 사실을 처음 알았을 땐 너무 충격적이어서 세상의 모든 잎사귀를 의심해 봐야 했다. 두부는 콩이었고, 떡은 쌀이었고, 들깨는 깻잎과 한 몸이었다. 그러니까 모든 식자재는 아이 같다. 뭐든 원하는 대로 될 수 있다는 가능성이, 본연의 질감을 가득 지녔기에 가질 수 있는 순진무구함이 그러하다. 본질이 세상과 만나 멋지게 상호 작용을 할 때, 그 시너지는 말로 표현할 수 없다. 깻잎과 한 몸인 들깨를 빻고 짜서 만든 들기름과 콩을 갈고 짜내 탄생한 두부의 조합은 고소하다. 입안 가득한 고소함을 그 둘이라면 지니고야 만다. 우리의 두부는 결국 소심함을 벗어던지고 빠삭해졌다.

두부를 보고 있는데 왜 자꾸만 슈짱 생각이 나는 걸까. 슈짱이 빠삭해서일까. 무슨 소리냐 하면, 요즘 슈짱이 심상치 않다는 것이다. 내가 알던 슈짱은 분명 두부, 아니 소심의 대명사였다. 낯선 인간이 집에 오면 헐레벌떡 몸을 숨기거나, 손이 닿지 않는 곳으로 올라가 인간을 내리깔아 보거나, 나 이외의 모든 인간을 탐탁지 않은 눈빛으로 관찰했다. 낯가리는 슈짱 불편하지 말라고 친구들이 못 본 척도 많이 했다. 그러다가 시간이 지나면 슬금슬금 기어 나와 냄새로 상황을 파악하고는 그제야 안심했다. 그런 패턴이었다.

그랬던 애가 어느 순간부터 아주 빠삭해진 것이다. 빠삭하다는 건 능숙하다는 말과 같아서 어떨 때는 그것이 시간의 흐름과 비례한다. 열세 살이 된 슈짱은 낯선 이가 와도 더는 숨지 않는다. 인간 따위가 나를 해칠 리 없다는 자신감. 절대로 내려가지 않는 풍성한 꼬리는 이 집을 지배하고 있다는 증표이자 〈네가 우리 집에 왔구나. 이왕 온 거 잘 놀다 가든지〉라는 여유로움 같은 것.

그런 슈짱에게도 비밀이 하나 있다. 어렸을 때부터 장이 약한 탓에 종종 무른 똥을 싼다는 것이다. 그러다 보니 엉덩이에 똥을 떡칠하고 나올 때가 있다. 그럴 땐 어쩔 수 없이 〈엉덩이 샤워〉를 한다. 엉덩이 샤워란, 흐르는 물에 엉덩이

만 씻는 것을 뜻한다. 제아무리 빠삭해도 고양이는 물 앞에선 물에 빠진 두부가 된다. 풍성한 꼬리는 다리 사이로 말려 들어가고 물에 빠져 애처로운 두부. 그 모습은 나만 아는 슈짱이다.

목욕할 땐 크게 분노한 슈짱을 모른 척해야 한다. 손은 덜덜 떨리고 식은땀이 줄줄 흐르지만, 여유로운 척하며 슈짱을 물에서 들어 올린다. 미안해, 금방 끝낼게. 잔뜩 젖은 털을 타월로 털어 주고, 따뜻한 드라이어 바람으로 말려 주다가 새삼 깨닫는다. 고양이의 물기를 말리는 데에는 인내가 필수인 것을……. 이미 한번 당한 고양이가 가만히 있어 줄 리가 없다. 슈짱은 능숙하게 액체로 변신해서 내 품을 급하게 빠져나가 저 멀리서 열심히 그루밍을 한다. 물에 쫄딱 젖은 모습이 애처롭지만 간식을 들고 조금만 기다리자. 물기는 증발하고 다시 빠삭한 슈짱으로 돌아올 것이다. 아무리 봐도 너는 두부 같다. 그러니까 나는 들기름 해도 돼?

* 우리 집 첫째인 하얀 털의 고양이. 까칠하다. 나밖에 없다.

20 min

수현식 두부구이

두부, 들기름

1. 프라이팬을 가스레인지에 올려놓고 달군다.
2. 팬 위에 들기름을 적당히 두른다.
3. 네모나게 썰어 놓은 두부를 얹는다.
4. 두부의 틈 곳곳에 들기름이 스며들기를 기다린다.
5. 두부의 겉면이 누런빛을 띠며 빠삭하게 구워졌을 때 꺼낸다.

메모 두부는 투박하게 숭덩숭덩 잘라도 좋다.
슈짱에게 배운 과감함 써먹기.

김빱이 아니라 김밥

대체로 〈김빱〉이라고 발음하는데 〈김밥〉이 표준 발음이라고 한다. 김밥이라니, 밥에 간을 안 한 느낌이다. 내가 사는 동네에는 감사하게도 비건 옵션이 있는 김밥집이 서너 군데 있다. 친구들은 A 가게와 B 가게를 좋아하는데 내가 제일 좋아하는 곳은 C 가게다. 친구들은 C가 싱겁다고, 손수현은 심지어 맛이 없다고까지 한다. 김밥이 맛이 없다니, 맛있기보다 맛없기가 더 어려운 것이 김밥 아닌가. 우리 C 김밥한테 왜 그래!

C 김밥은 싱겁다. 아니다, A 김밥과 B 김밥이 짜다. C 김밥은 김빱이 아니라 김밥 느낌이다. 재료들이 살아 있고 조화롭다. 내가 C 김밥을 사 가면 친구들은 썩 반기지는 않지만 잘 먹는다. 내 창작물은 C 김밥 같다. 별맛 없지만 사 가면 친구들이 그냥 먹는……. 김빱이 아니라 무미건조한 김밥.

내가 낸 두 장의 앨범은 음악 평론가들에게 관심을 받지 못했다. 별로라는 거겠지? 본가에는 1집이, 지금 사는 집에는 2집이 쌓여 있다. 음원 수익은 생각보다 많이 들어온다. 생각을 진짜 적게 한 덕분이다. 그래도 공연을 하면 관객분들이 와주신다. 올해로 11년 차, 따라 불러 주시는 분도 있다. 그때마다 이 작고 안락한 소파에서 평생 살고 싶다는 생각을 한다.

근 몇 해 동안 여기서 조금, 저기서 조금 벌어 생활하는 나의 가장 큰 수입원은 공연 수익이었다. 행사가 하루에 두 개가 잡혀 나름 호황인 달도 있었다. 하지만 코로나가 닥치고 공연이 줄줄이 취소되다가, 다시 온라인 공연이 조금 잡히다가 뚝 끊어졌다. 음원을 계속 내야 그나마도 잊히지 않는다는데, 음원을 내는 데에 드는 돈이 음원을 내서 벌어들이는 돈과 현저히 차이가 난다. 내면 손해, 긍정적으로 바꿔 말하자면 영원할 것 같은 장기 프로젝트다.

김밥은 싸다. 재료비와 노동력에 비해 싸도 너무 싸다. 썰고 볶고 데치고 무치고 펴고 얹고 말고 다시 썰고 하는데도 너무 싸다. 그래서 촬영장의 아침 식사로 딱이다. 싸고 풍성하고 먹기도 간편해서 이런저런 준비를 하면서 씹기에 좋다.

C 김밥은 내가 사는 동네의 김밥집 중에서도 가장 싸서 한 줄에 2천5백 원이다. 아무리 생각해도 어떻게 2천5백 원이지 싶다.

스트리밍 시스템은 마찬가지로 너무하다. 열심히 기타를 썰고, 가사를 볶고, 편곡을 데치고, 박자에 맞춰 무치고, 녹음실에서 펴고, 코러스 얹고, 믹싱 말고, 마스터링 썰어 만든 건데 진짜 조금 들어온다. 음원 사이트마다 다르긴 한데, 한 번당 1원이 안 되는 경우도 허다하다.

물론 김밥이 잘 팔려 부자가 되고 다음 김밥을 만들 재료를 잔뜩 사게 되는 경우도 있을 것이다. 하지만 내가 만들어 내는 싱거운 김밥은 나름대로 정성스레 만들기는 하는데 인기가 적다(없다고 적으려다가 감사한 얼굴들이 스쳐 지나갔다). 근데 이런 김밥도 있어야 하는 것 아닌가. 좀 싱겁고 맹맹한 김밥도. 나는 이 김밥이 좋은데…….

김밥을 잘 마는 친구와 마주 앉아 나의 고민을 이야기했다. 공연이 끊기고 그나마 음원 수익도 줄고 있다, 다른 식으로 뭔가를 해봐야겠어. 친구가 〈그러게, 홍보가 중요하겠다〉 하고 말을 받아 줬다. 그리고 며칠 뒤에 줄 것이 있어 잠깐 친구네에 들렀는데, 문을 여니 내 노래가 나왔다. 틀어 놓고 일하고 있었나 보다. 얼른 물건만 건네고 돌아서는데 아휴, 고맙다고 문자를 보내기도 민망하고, 우연히 나온 걸 수도 있지 않나 싶고, 친구를 신경 쓰이게 하는 못난 친구가 된 거 같아 미안했다. 무엇보다 정말 고마워서 멍해졌다.

듣는 분들이 분명히 계신다. 그리고 내 다음 노래를 기다리는 분도 계실 것이다. 그분들을 위해서라도 계속하고 싶다. 내 창작물이 전에는 부정적인 뜻에서 맹맹한 김밥 같았는데, 지금은 아주 긍정적인 의미로 맹맹한 김밥 같다. 영화 「우리들」의 주인공 이선의 엄마는 김밥집을 운영한다. 윤가은 감독님 영화 속에 등장할 법한 김밥, C 김밥은 그런 느낌이다. A 김밥과 B 김밥은 캐스팅되지 못했을 것이다.

친구들은 내가 사 가서 그냥 먹는 게 아닐 거다. 가끔 싱거운 김밥이 당길 때가 있는 거겠지. 그때마다 나는 여기서 말고 있을게. 시스템이 바뀌어서 돈이 아티스트에게 더 많이 들어오면 좋겠지만, 그래서 내가 당근과 시금치, 우엉뿐만 아니라 두릅도 사서 넣어 보고, 더덕도 사서 넣어 보고 할 수 있으면 좋겠지만, 지금은 지금대로 그냥 맹맹하게 말아 볼게. 항상 들어 주셔서 감사합니다.

2 hour

승은식 김밥

김, 단무지, 당근, 밥,

시금치, 우엉

1. 우엉을 간장에 조리고 시금치를 데쳐 무친다.
2. 당근을 채 썰어 소금을 넣고 볶는다.
3. 김발에 김을 올리고 밥을 펴 넣은 뒤 재료들을 차곡차곡 올린다.
4. 만다!
5. 맹맹한 김밥을 즐긴다.

메모 속 재료를 너무 많이 넣으면 김빱이 될 수 있으니
느슨하게 넣는다.

김밥의 꿈

수현

김밥은 억울하다. 다섯 가지 나물 반찬이 식탁에 놓이면 〈오늘 오첩반상이네〉라며 박수를 받고, 똑같은 나물이 들어간 비빔밥은 한국의 대표 음식으로 소개되는데, 김밥은 〈그냥 김밥〉이다. 나에게 김밥은 한 손에 잡을 수 있는 반찬 꽂힌 밥 한 공기, 혹은 바쁠 때 대충 때우는 알약 덩어리. 일과 일 사이 틈 없는 시간이라든가, 가을 낙엽만치 부스러지는 지갑 속 천 원짜리(김밥 : 너무해……). 그러니까 〈내가 나물이라면 김밥이 되진 않을 거야〉라는 생각이 드는 거지.

물론 처음부터 그랬던 건 아니다. 어렸을 때, 그러니까 뭘 내 돈 주고 사지 않을 때의 김밥은 달력의 빨간 날. 엄마랑 촉감 놀이하듯 김밥을 싸던 날은 소풍이든 나들이든 어딘가를 가는 날. 돗자리에 둘러앉아 괴팍했던 초등학생 남동생과 꼭 한 번은 싸웠지만, 그러곤 분에 못 이겨 눈물이 터졌지만,

그럴 때도 햇볕은 해맑았고 그날은 꼭 잘 잤다. 그런 김밥이 어쩌다 지금은 〈그냥 김밥〉이 되어 버린 거야?

나는 다세대 주택 위아래 층에 친구들과 모여 산다. 아랫집에는 박정원이 산다. 박정원은 비건 요리사이자 강사이기도 하고 그림도 그린다. 가만 보면 프리랜서는 일이 한 가지인 법이 별로 없다. 언젠가 끝날 일이어도 끝나 갈 때쯤엔 또 다른 일이 겹쳐서 영원히 일이 n개인 것이 법칙인가. 최근에 비건 요리책까지 낸 박정원은 요리 왕이지만, 여기서는 김밥 왕으로 소개하려 한다. 김밥 왕 박정원은 말한다.

「우리 집은 촬영 날이 김밥 먹는 날이야.」

이 말의 속뜻은 이렇다. 나는 자주 신승은과 일을 같이 한다. 주로 단편 영화나 트레일러 촬영 등을 하는데, 그때마다 배우와 스태프들이 먹을 아침 식사로 박정원표 김밥을 주문한다. 주문을 접수한 박정원은 전날 장을 보고 새벽같이 일어나 김밥을 준비해 준다(당연히 공짜는 아니다). 박정원도 신승은만큼이나 손이 느린데 항상 시간에 맞춰 맛있는 김밥을 손에 들려 주는 걸 보니 느린 손에 뭔가 있는 걸까. 타자를 천천히 쳐야겠다.

김밥은 알고 보면 조화롭다. 무엇보다 저렴하니 부담 없이 먹을 수 있는데 게다가 무려 밥이다. 종류도 다양해서 든든한 서른한 가지 맛 아이스크림이다. 흰쌀밥에 배어든 소금의 짭짤한 맛과 나물 본연의 웅숭깊은 맛이 조그맣게 씹힌다. 소스를 곁들여 먹을 때도 있으나 굳이 그러지 않더라도 충분히 맛이 좋다. 김밥 속 재료 한 가지가 두드러지면 그 김밥의 정체성이 된다. 그래서 참나물 김밥, 우엉 김밥, 유부 김밥, 당근 김밥…… 무궁무진하다. 원한다면 누구든지 주인공이 되어 이름을 꿰찰 수 있다(고 생각하니 갑자기 김밥이 되고 싶다).

그럼에도 굳이 박정원에게 김밥을 주문해 챙겨 가는 데에는 이유가 있다. 박정원의 김밥에는 시중에서 잘 보지 못하는 것들이 들어간다. 돼지를 갈아 넣어 뭉친 덩어리도, 소를 잘게 썰어 넣은 속도 필요 없다. 두부나 템페,* 아보카도, 콩고기 등 목숨을 대가로 지불하지 않아도 되는 재료가 무궁무진하니까. 누군가는 〈두부나 아보카도 같은 것이 뭐가 특별해?〉라고 할 수도 있겠다. 하지만 박정원이 두부를 튀기고, 콩고기에 박정원표 양념을 묻히고, 템페를 프라이팬에 구워 박정원이 만든 소스를 넣어 말면, 특별하다. 맨날 촬영이 있었으면 좋겠다, 그런 맛.

김밥을 한입 베어 문다. 오물오물 씹으며 생각한다. 그냥 반찬이 되는 건 영 재미없고 비벼지는 건 또 싫으니까 꼼꼼하게 말린 김과 밥 속의 조화로운 나물이 되어 볼까 보다.

* Tempe. 콩을 발효시켜 만든 인도네시아 음식. 겉모습은 두부와 닮았으며 견과류나 버섯과 비슷한 맛이 난다.

아보카도 김밥

2 hour

김, 단무지, 당근, 밥,
시금치, 아보카도, 우엉

1. 우엉을 채 썰어 간장에 조린다.
2. 당근을 채 썰어 소금을 넣고 볶는다.
3. 살짝 데친 시금치에 소금을 넣고 조물조물 무친다.
4. 아보카도 껍질을 벗기고 썬다.
5. 밥에 맛소금과 참기름을 넉넉히 넣고 주걱으로 비빈다.
6. 김 위에 밥을 펼쳐 놓고 재료를 얹어 돌돌 만다. 썬다!

메모 촬영을 하고 싶은 것인가, 박정원표 김밥을 먹고 싶은 것인가.
둘 다인가.

감자에 싹이 날 뻔했다

승은

며칠, 아니 몇 주 동안 누워 있었다. 식사 후에 바로바로 깔끔하게 뒷정리하는 것을 좋아하는 내가 설거지하는 것이 힘들어서 하루씩 담가 놓았다. 그다음 날도 힘에 부쳐서 전부는 못 하고 조금씩 했다. 밥 먹는 것이 수고로워 고추장에 맨밥을 비벼 먹었다. 눈물이 계속 났다. 이유를 모르니 상황은 변할 리 없었다. 주변 사람들과도 점점 멀어지는 것 같았다.

마침내 이유를 알게 됐다. 그러고 나니 당한 내가 바보 같아서 울며 지냈다. 사정을 알게 된 친구들이 도움의 손길을 내밀었다. 잠깐, 그냥 살짝만 밖으로 나와 걸어 보는 게 어떻겠니. 전화를 받고 한참 울다가 힘을 내서 밖으로 나갔다.

내리막길을 걸었다. 걸음이 평소와 달랐다. 〈턱, 턱, 턱〉이 아니라 〈터덕, 터덕, 터덕〉이었다. 골목길을 천천히 지나가는 차들조차 무서웠다. 그렇게 5분쯤 걸어서 친구의 작업실에 도착했다. 그냥 앉아 있었다. 친구도 별말이 없었다. 가까스로 밖으로 나온 내게 〈오늘 할 일 다 했네〉 하고 자기 일을 했다. 나는 작업실 창가에 앉아 비스듬히 하늘을 내다보았다. 전깃줄이 교차하면서 평행 사변형 모양을 만들어 냈다. 그 실재하지 않는 면을 봤다. 그게 계속 보고 싶었다.

그러면서 조금 울다가 다시 집으로 향했다. 이번에는 오르막길이었다. 다른 사람들이 빠르게 나를 지나쳐 갔다. 느릿느릿 걷다가 우연히 친구들을 만났다. 또 눈물이 났다. 내 상태를 아는 친구들이 팔을 몇 번 쓸어 주었다. 다시 오르막길을 올랐다. 오늘 할 일 다 했다던 친구의 말을 떠올렸다. 아무것도 못 하고 있는 나를 자책하지 않기 위해 그 말을 곱씹었다.

집에 돌아와서 청소기를 돌리자(꼼꼼히 못 하고 금방 드러누웠지만) 냉장고에서 썩고 있을 식자재들이 생각났다. 감자, 고수, 마늘, 배추……. 고수 외에는 쉽게 상하지 않는 것들이었다. 자투리 당근과 피망도 남아 있었다. 감자볶음을 해보자. 마음속으로 〈해내자〉에 가까운 말을 중얼거리며 나를 일으켰다.

감자 세 알 중 집히는 대로 하나를 꺼냈다. 다행히 상한데 없이 멀쩡했다. 껍질을 삭삭 벗기고 썰었다. 마음 가는 대로 썬 감자는 전분기를 빼기 위해 물에 담갔다. 피망은 무른 부분이 있어서 잘라 내고 당근과 함께 썰었다. 몇 가닥 안 나왔다. 감자부터 볶다가 당근, 피망 순으로 넣고 볶았다.

그렇게 완성한 감자볶음을 놓고 밥을 먹는데 참 뿌듯했다. 나물 몇 개씩도 한꺼번에 하고, 잡채도 뚝딱 해내고, 수제비도 직접 반죽해 만드는 내가, 후추도 안 뿌려 뽀얀 감자볶음이 참으로 크고 귀하게 느껴졌다. 감자볶음을 먹고 나니 버티기 위해 억지로 참는 것은 그만해야겠다 싶었다. 그 과정이 나를 또 힘들게 할 테지만 그래도 이제 진짜 그만.

그 후로 나는 계속 그만하고 있다. 그러다 보니 감각이 살아나는 느낌이 든다. 일을 마치고 집에 오는 밤, 간판들이 이전보다 빛나 보였다. 빛이 더 환해졌다고 해야 하나. 종종 가던 식당에서 벽 무늬가 다르게 보였다. 음식을 기다리면서 친구가 먹어야 한다고 꺼내 놓은 약봉지의 느낌이 생소해서 한참 바스락거렸다. 레슨실 앞 팥죽집을 지나가는데 그전에 한 번도 맡지 못했던 잣 냄새가 났다.

1.5인분 먹던 밥을 1인분도 못 먹고 남겼다. 맛은 좋았는데 속이 안 좋아서 호기롭게 시켰던 소주도 병째로 들고 왔

다. 집에 와서 천장을 보는데 예전의 집으로 돌아온 것 같았다. 나도 예전으로 돌아가고 있나 봐. 슬며시 웃음이 났다. 술 한잔 먹고 싶어서 냉장고를 열었다. 남은 감자볶음을 꺼냈다. 간을 참 이상하게도 해놓아서 맛이 영 별로였다. 기름 맛만 났고, 술안주로 전혀 어울리지 않았다. 그래도 내가 뭐 요리 대회 나갔나. 잘했다, 감자볶음.

조만간 수제비도 끓여 먹을 거고, 콩고기도 구워서 쌈 싸 먹을 거다. 우선 이 글을 썼으니 조금 누웠다가……. 참, 설거지도 절반을 해놓았다. 남은 두 알의 감자로 무엇을 할까. 우선 수제비에 조금 넣고, 된장찌개에 마저 넣을까. 감자전에 도전해 봐도 좋겠다. 그러려면 기운 내서 오랜만에 장을 봐야겠지. 잘했다고 말해 주고, 가만히 곁에 있어 주고, 우연히 만나 격려해 준 친구들 덕분에 감자에 싹이 안 났다.

30 min

위로의 감자볶음

감자, 당근, 피망

1. 감자 껍질을 벗기고 마음 가는 대로 썬다.
2. 썰어 놓은 감자는 찬물에 담가 전분기를 뺀다.
3. 피망의 무른 부분을 도려내고 채 썬다.
4. 당근 껍질을 벗기고 채 썬다.
5. 물기를 뺀 감자를 볶다가 당근, 피망 순으로 넣고 볶는다.
6. 소금으로 간을 맞춘다.

메모 맛은 중요하지 않다. 했다는 것이 중요하다.

모자 하나에 버섯 여러 개

수현

버섯과 가지는 통한다. 알 수 없이 미움을 받는다는 점에서 말이다. 특히 첫인상이 호감은 아닌데 어린아이에게 유독 그렇다. 버섯은 알고 보면 곰팡이고 가지는 보라색이라 그런 걸까. 음식이 보라색이라니, 일단 식욕이 떨어지고 보는 것이다. 게다가 둘은 말랑말랑하다. 나는 말랑한 식감을 선호하지 않는다는 점에서 그들에 대한 오해를 푸는 데에 시간이 오래 걸린 편이기도 하다.

나는 사람을 처음 만나면 경계부터 하고 본다. 나의 안 좋은 점 중 하나가 사람 보는 눈이 있다고 믿는 것인데, 문제가 되는 지점은 사실 보는 눈 따위 없다는 데에 있다. 곰곰이 생각을 해보았다. 왜 일단 경계를 하고 보는가. 사람을 함부로 판단하는 일이 옳지 않다는 걸 알면서도 처음 만난 저 사람이 어떤 사람인지 파악되지 않는다는 점이 일차적으로 무섭게 느껴진다. 나에게 우호적인 사람일까, 그렇지 않은 사람일까. 나는 어떤 입장을 취해야 하기에 필사적으로 판단하려 노력한다. 그리고 그 노력은 보통 부정적인 방향으로 흐른다.

친구들은 말한다. 네가 상처받을까 봐 그러는 건 아닐까? 그런가 싶다가도 이러나저러나 별로인 건 마찬가지다. 상처받지 않기 위해 상대방을 판단하는 것도, 겪어 본 뒤 뱉어 내면 될 일을 마주할 용기가 나지 않는다는 것도 별로다. 어쨌든 나는 너무 조그매서 등과 털을 한껏 곧추세운 고양이처럼 나를 부풀린다는 결론이다. 그런 모습으로 신연경이라는 친구를 만났다. 지금은 다세대 주택 위아래 층에 모여 살 만큼 서로 의지가 되는 사이지만 첫인상은 별로 좋지 않았다. 추운 겨울날에 거리 한복판을 가로지르며 저 멀리서 걸어오던 신연경은 하필 까만 패딩을 입고 있었다. 저 어두컴컴한 애는 누구지, 너무 커 보여. 신연경과 함께 있던 신승은도 까만 패딩을 입고 있었다. 승은이다, 친한 사람! 나는 왜 그럴까.

그날 나는 경계하는 고양이처럼 털을 잔뜩 부풀린 채 노래방까지 갔다. 신나게 놀아 놓고서 신연경과는 안 맞는다고 생각했다. 며칠 뒤 또 술을 먹게 되었는데 그날은 신연경이 우리 집에서 잤다. 우리는 다음 날 일어나 커피를 손에 들고 소파에 마주 앉아 한참 동안 이야기를 나누었다. 나는 신연경을 사랑하게 되었지. 〈꼭 겪어 보지 않아도 다 안다〉라는 문장은 샅샅이 뜯어보면 다 틀렸다. 오히려 〈똥인지 된장인지 찍어 먹어 봐야 안다〉라는 편이 더 맞는다. 그러니까 근거 없는 확신은 오만이고 〈무슨 말인지 알 것 같아〉라는 말을 자주 사용하는 나는 오만 방자한 인간인 셈이다. 쥐뿔도 모르면서.

나는 신연경과 유독 죽이 잘 맞는다. 하고 싶은 일이 생겼을 때 확 저질러 버리는 점이 그렇고, 어질러 놓은 일에서 금세 손을 떼버리는 점도 그렇다. 이렇게 적고 보니 둘이 있으면 큰일 날 일만 벌일 것 같지만 꼭 그렇지도 않다. 서로의 말을 나름대로 잘 경청하는 데에서 현실감이 발동하고 충동성이 자제된다. 예를 들면 이런 식이다.

「연경아, 책방 하고 싶지 않냐?」

「언니, 당연하지.」

「할래?」

「그래.」

그리고 다음 날.

「근데 이런 코로나 시국에 일거리 벌이는 건 미친 짓이래.」

나는 잠시 생각한다.

「맞네. 그럼 나중에 하자.」

「그래.」

「사실 우리 돈도 없잖아.」

「하긴 그렇지.」

우리는 실없이 웃고선 마주 앉아 노트북을 켠다. 각자의 글을 적어 내려간다. 잘 맞는 우리다.

나는 이제 버섯을 잘 먹는다. 가지도 좋아한다. 양송이버섯은 제일 늦게 좋아하게 되었지만, 지금은 장보기 목록에서 당당하게 일 순위를 차지하고 있다. 팽이버섯은 아직도 좀 어렵긴 하다. 그렇지만 그 또한 나의 섣부른 판단이겠지. 예전에는 양송이를 뽀득뽀득 씻었는데, 박정원이 그렇게 씻으면 버섯 향이 다 사라진다고 했다. 요리사 선생님에게 배운 대로 가볍게 먼지만 털어 낸다. 양송이를 똑바로 서게 한 뒤 송송 썰면, 크기는 다르지만 똑같은 모양새를 한 버섯이 여러 개가 된다. 마리오를 커다랗게 만드는 능력만 있는 줄 알았는데 알고 보니 분신 능력도 갖추고 있던 것이다. 그 모양이 꼭 똑같은 모자를 나누어 쓴 친구들 같다. 마음에 안정, 마음에 평화가 피어난다. 그들과 함께 있을 땐 언제나 여유롭다.

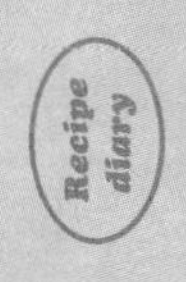

똑같은 모자를 나누어 쓴 버섯볶음

양송이버섯, 다진 마늘

20 min

1. 양송이버섯을 꺼내 가볍게 먼지만 털어 낸다.
2. 양송이를 똑바로 서게 한 뒤 송송 썬다.
3. 달궈진 팬에 다진 마늘을 작게 한 숟갈 넣고 볶는다.
4. 마늘이 적당히 익으면 썰어 놓은 버섯을 넣고 볶는다.
5. 적당히 익어 쪼그라든 버섯에 소금을 한 꼬집 뿌린다.

메모 버섯은 익으면서 쪼그라들기 때문에
친구들과 함께 먹기 위해서는 넉넉히 준비해야 한다.

분위기 잡채

승은

나는 아무 의미 없는 말장난을 좋아한다. 예를 들면 수세미를 〈수심의〉라고 하는 것이다. 정말 아무 의미가 없다. 이렇게 무의미할 수 있다니, 이 정도 무의미면 의미다 싶을 정도의 말장난을 가끔 한다. 수현이네 반려 앙꼬를 〈앙리꼬꼬〉라고 부르기도 하고, 땅이도 〈땅수〉나 〈땅식이〉로 부를 때가 있다.

친구들 이름도 마찬가지다. 손수현은 〈손수리〉다. 배우 정수지도 〈수제비〉라고 부른다. 초성, 중성, 종성을 섞어 부르기도 한다. 보답으로 난 가끔 〈은승이〉가 된다. 로모키노 카메라도 이 무의미한 말장난 앞에서는 〈롬의킨오〉가 된다. 배가 부른 것도 〈배똥지〉라고 한다. 그리고 배가 부른 사람을 〈배똥지 씨〉라고 한다. 나는 밥을 먹으면 배가 뽕 나오는 편인데 그럼 친구들이 나를 배똥지 씨라고 한다. 작은 것을 뜻하는 미니mini를 〈민의〉라고 한 지도 오래되었다. 민의는 단순히 크기를 나타낼 때뿐만 아니라 생활면에서도 다양하게 쓰인다. 조금만 치우는 〈민의 청소〉 등이 그러하다.

언젠가 수리네 집에서 지네가 나왔다. 수리랑 경연이가 함께 지네를 데리고 나가서 산에 풀어 주었다. 지네는 그 이후로 〈진희〉가 되었다. 아, 경연이는 신연경이다.

왜 이런 얘기를 해서 분위기 잡채.

나는 말장난처럼 가끔 이유 없이 잡채를 만든다. 딱히 먹고 싶지 않은데도 만든다. 뭐 음식 만드는 데에 무슨 거창한 이유가 필요하겠냐마는 엄마가 가족들 생일날마다 잡채를 해줘서인지 기념일이나 잔칫날처럼 사연이 있어야 할 것 같다. 이런 게 문화인가. 아무도 무말랭이에는 관심도 없으면서. 세발나물 놓고 손뼉 한번 안 쳐봤으면서. 공이 많이 드는 까닭일까.

어렸을 때 엄마가 미역국을 주면 〈엄마, 난 임산부가 아냐〉라고 했던 아이는 커서 아무 이유 없이 잡채를 만든다. 어제도 만들었다. 노란 파프리카, 빨간 파프리카, 초록색 피망, 하얀색 만가닥버섯, 갈색이 섞인 만가닥버섯, 느타리버섯, 목이버섯, 당근, 당면, 시금치……. 재료에 비해 설거짓거리가 많이 나오지 않아서 좋다. 차분하게 씻고 썰고 볶는다.

우선 가장 힘이 드는 당근부터 썬다. 어렸을 때도 나는 싫어하는 반찬부터 먹는 아이였다. 당근을 썰다가 갑자기 시금치 꽁다리를 따서 물에 담가 놓는다. 다시 당근을 썰고 시금치를 씻는다. 시금치 데칠 물을 끓이면서 파프리카와 피망을 썬다. 위아래 부분을 잘라 따로 냉장고에 넣어 놓는다. 볶음밥을 할 때 넣을 것이다. 아주 잘게 썰어서 케첩과 함께 볶으면 된다.

시금치를 데칠 때는 1부터 30까지 세면서 휘휘 젓는다. 건져서 찬물에 헹구고 꽉 짜고 나면 너무 작아져 안쓰럽다. 원대한 꿈을 꾸며 공간을 차지하던 녀석이었는데……. 액젓 없이 무친 뒤 나물 반찬으로 먹을 것 조금 덜어 놓는다. 남은 재료들을 손질하고 하나씩 볶는다. 모든 재료가 준비되고 나면 마지막에 당면을 삶는다. 당면이 익는 6분 동안 누워서 쉰다. 당면 12인분짜리를 전부 삶았다. 내가 12인분 요리를 하다니, 뿌듯해하는 동안 6분이 훅 지나간다. 당면을 찬물에 헹구고 드디어 다 함께 섞는다.

면과 꾸미가 고루 섞이지 않는다. 재료를 더 잘게 썰어야 하는 걸까. 당면이 자꾸만 저들끼리만 있으려 하고 잘 안

끼워 준다. 하여간 못됐어. 억지로 화해시키는 선생님처럼 마구 비빈다. 그리고 내가 먹을 것과 친구들 줄 것, 같이 일하는 미술 감독님 것 따로 담는다. 미술 감독님도 비건인데 요새 식사를 잘 못 챙기시는 것 같다. 잡채만 하면 생전 없던 오지랖이 생긴다. 나중에 데워서 잡채밥을 해 먹어도 맛있다. 수리가 알려 준 팁이 있는데, 고추기름 찔끔 넣고 간장 조금 더 넣어서 볶는다. 그럼 또 다른 중화풍 맛이 난다.

시작은 무의미였으나 하고 나면 이래저래 의미가 생긴다. 이 말을 하기 싫지만 또 너무 하고 싶어서 해야겠다. 잡채는 영화 같다. 중립적인 의미의 컷들이 만나 하나의 의미를 만들어 내는 잡채. 잡채를 하고 나면 내가 나를 잘 대해 주는 느낌이 난다. 자랑스러운 기분. 오래 걸리긴 한다. 어제는 한 시간 반 정도? 어, 장편 영화 러닝 타임이잖아? 갑자기 무의미한 잡채에 너무 많은 의미를 섞은 거 같아 부끄럽다. 텃세 센 당면들하고 안 섞일지라도 뭐 어때. 뭐든지 영화와 연관 지어서 생각하는 것은 나를 행복하게 한다. 이것이 없으면 힘들 때 버티기가 어렵다. 좋아하는 마음과 의미를 찾는 일. 갑자기 너무 진지해서 분위기 잡채? 죄송합니다.

갑자기 분위기 잡채

1 hour

당근, 당면, 버섯, 시금치, 파프리카, 피망

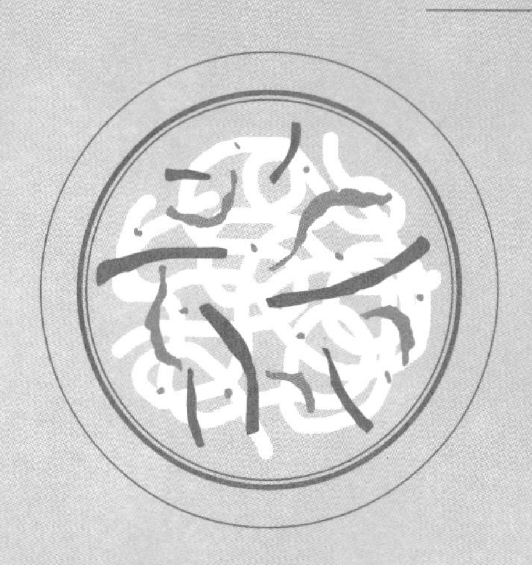

1. 당근을 썰다가 시금치 꽁다리를 따서 물에 담가 놓는다.
2. 다시 당근을 채 썰고 시금치를 씻는다.
3. 시금치 데칠 물을 끓이면서 파프리카, 피망을 썬다.
4. 끓는 물에 시금치를 넣고 1부터 30까지 세면서 휘휘 젓는다.
5. 남은 재료들에 밑간을 하고 하나씩 볶는다.
6. 당면을 삶아서 찬물에 헹구고 다 함께 섞는다.

메모 넉넉하게 만들어 조금이라도 주변 사람들과 나눈다.

당면과 눈이 마주친 날에

수현

당면을 자세히 들여다본 적이 있나요. 바싹 말라서는 순하게 생긴 이 당면을 처음 볼 때 당신은 어떤 마음이었는지……. 푸릇한 시금치와 반질반질한 피망, 향긋한 냄새로 존재감을 뽐내는 버섯과 맛은 없어도 색감만은 일등인 당근 옆에서 무색무취, 아니 무념무상으로 꼿꼿이 누워 있는 저 당면.

나는 정말이지 볼품이 없다고 생각했다. 바싹 건조되어 쉽게 바스락거리는 모습은 조금만 힘을 줘도 박살이 날 것만 같아서 갓 태어난 아기를 바라보듯 어쩔 줄을 몰랐다. 태어나서 단 한 번도 뭐가 되고 싶다고 말해 본 적 없는 듯한 모습은 안쓰러운 미간을 발사하게 만들고 빨리 얘를 좀 어떻게 해야겠다는 조급한 마음이 들게 하는 것이다.

그러니 빨리 시작하자. 당면이 부서지기 전에 냉큼 커다란 볼에 한 움큼 넣는다. 그리고 넉넉히 잠기게끔 미지근한

물을 붓는다. 큼지막한 냄비에 따로 물을 끓인다. 이 당면의 장래 희망은 잡채다. 나는 잡채를 만들기 위해 각종 재료를 채 썰기 시작한다. 당면, 너는 일단 좀 쉬고 있어 봐.

당면을 옆에 두고 잠깐 친구들을 살펴본다. 요즘 분위기가 가라앉았다. 친구들이 유독 힘없는 것이 뭐랄까, 다들 각자의 사정으로 바빠서 스스로 돌볼 틈을 놓치고 있는 것 같다. 시간이 흐르면서 상황이 변하고 그에 따라 분위기가 바뀌는 건 어찌 보면 당연한 일이겠지. 우리가 처음 만났던 때가 너무 강렬해서 현재가 자주 그때와 비교를 당한다. 저 때 즐거웠는데 재미가 떠났어.

그러니까 그때는 술을 많이 마셨다. 매일 만나서 술을 마시고 해가 뜨면 집에 가고 다시 밤새도록 술을 마시고 해가 뜨면 집에 갔다. 그때도 여전하던 무수한 고민은 술에 취하면 알코올과 함께 휘발되어서 더 빠르게, 더 자주 취해 버리고 싶은 마음이었다. 고민이 있던 자리에 재미가 들어앉았다. 그리고 몇 년이 지났다.

한 친구는 취직을 하더니 못 해 먹겠다며 멋지게 그만두었다. 아랫집 친구는 본인의 요리 실력을 발휘하여 강의를 열었고, 다른 친구는 자신을 낫게 한 운동을 전파하기 위해 강사가 되었다. 저기 저 친구는 2년 동안 도통 쉴 틈이 나지 않다가 갑자기 글을 쓰게 되었으며, 일산에 사는 친구는 텔레비전에 등장했다. 근처로 이사 온 친구가 길 위의 개를 구하는 동안 또 다른 친구는 생업의 현장에서 윤리를 지키느라 갑옷을 챙겨 입었다. 제일 멀리 사는 친구는 원하던 공부를 할 수 있게 되었다.

바쁘다. 마음 편히 바쁘기만 하면 그래도 좀 나을 텐데, 바쁜 데다가 당장에 모든 일이 돈 안 되는 일이기도 하니까 이거 정말 괜찮은 건가 싶다. 마감은 왜인지 매번 내일이고 〈그런 인간 있다던데 입과 항문이 같다는〉* 사람이 사방에 널렸으니 갑옷 벗을 시간이 없다. 개를 아무리 구해도 또 길에는 개가 있어서 힘이 빠진다. 술은 언제 먹냐. 휘발되는 기회가 적어진다. 그러니 재미의 자리가 영 나질 않고, 고민은 그대로 그 자리에서 매일같이 함께한다. 우리는 이렇게 부러질 듯 바싹 마른 당면이 되어 가는 걸까.

어쩌다 술자리다. 거의 매일 마시던 술을 본의 아니게 줄이다 보니 주량이 줄었다. 이제는 소주 한 병만 마셔도 금세 취한다. 취한다기보단 몸이 힘들다고 해야 하나. 어쨌든 예전 같지 않다는 말이다. 울적하게 시작된 술자리는 취하기도 전에 몸부터 힘들어서 금방 끝이 났다. 〈나 이제 마감해야 해〉라며 한 친구가 자리를 떴고, 다른 친구는 〈내일 또 큰 싸움이 있어〉라며 무기를 갈러 가야 한다고 했다. 글을 쓰는 친구는 〈기가 막힌 설정이 떠올랐어〉라며 황급히 귀가했고, 직장을 그만둔 친구는 시 수업을 들으러 가야 한다며 아예 오지도 않았다. 나도 〈이참에 잡채나 완성해야지〉 싶어 몸을 일으켰다.

우선 재료를 준비해야지. 냉장고를 열어 당근과 피망, 버섯과 시금치를 꺼낸다. 썰어야 할 재료는 썰고 데쳐야 할 재료는 데친다. 프라이팬에 기름을 두르고 다진 마늘을 넣어 마늘 기름을 내준다. 미리 채 썰어 둔 당근과 피망을 프라이팬에 올리고 달달 볶아 주면 자기주장 강하던 야채들은 한 풀 풀이 죽어 섞일 준비를 마친다. 이번엔 뭔데 그래, 잘 지내볼게.

잡채가 되려면 당면은 필수다. 커다란 볼에 담겨 푹 쉬고 있던 당면을 들어 올리려는데 문득 당황스럽다. 당장이라도 부서질 듯하던 모습은 어디로 갔어? 물을 잔뜩 머금은 당면에서 총명한 기운이 넘쳐흐른다. 쉬이 잡히지 않겠다며 자꾸만 손에서 미끄러진다. 또랑또랑한 당면을 보고 있자니 네 생각이 났고, 눈 밑의 다크서클이 음식이라면 단연 당면이 아닐까 생각했던 것이 미안해졌다. 이렇게 멋지게 날뛰는 너, 이것이 너의 본모습이었지. 당면으로 태어나 잡채가 되는 것도 좋겠지만, 그 전에 너희 부디 푹 쉬면 좋겠다.

* 신승은, 「당신은……」, 가사 중 일부.

수제비 혁명

촬영이 끝나면 남은 비품이나 소품을 나눠 가질 때가 있다. 제작 팀이 음료와 간식이 담긴 상자를 내려놓고 바자회를 하듯이 〈싸 가세요, 가져가세요〉 한다. 평소의 알뜰살뜰한 나라면 최대한 챙겨 머리에 이고라도 올 테지만, 촬영이 끝나면 주스 하나 가방에 넣기 힘든 상태가 된다. 어떻게 주스를 들고 가요, 2백 밀리리터짜리를. 촬영 끝까지 남아 있는 간식들은 대체로 인기가 없거나 촬영 회차 내내 먹어서 쳐다보고 싶지 않은 식품들이다. 그걸 집에 가져가서 한입 베어 무는 순간 고요한 우리 집에 촬영 팀이 튀어나와 〈레디 액션〉을 할 것 같은 느낌이어서 손이 가지 않는다. 안 가져와 버릇하니 더 그렇다. 보드 마커나 청 테이프, 목장갑은 챙길 때가 있어도 작은 사탕 하나에 손이 잘 안 간다.

내가 조연출로 참여한 단편 영화 촬영을 무사히 마쳤다.

퇴근길에 감독님 차로 스크립터 담당자 집에 들러 빌렸던 소품을 내리고, 미술 감독님 집에 들러 미술 소품을 내렸다. 1회차 촬영이라지만 엘리베이터가 없는 4층 집에 짐을 들고 오르락내리락했더니 녹초가 되었다. 이번에는 미술 감독님이 소품들을 들고 〈혹시 이거 가지실래요?〉 하는 시간이 왔다. 우선 손수현 감독님이 고양이 사료를 잔뜩 챙겼다. 남은 것 중에 3킬로그램짜리 밀가루 포대가 있었다. 마약 묘사용으로 쓰였던 밀가루. 제가 챙길게요! 귤 하나 안 가져가던 내가 밀가루를 챙겼다.

이 밀가루로 뭘 할까. 밀가루 포대는 너무 크고 또 막상 실체는 너무 작은 가루여서 형태로, 음식으로 만들려면 공이 많이 들 것 같았다. 계속 미루면서 오며 가며 꾹꾹 찔러 보기만 하다가(느낌이 정말 좋다) 새로운 도전을 마음먹었다.

국수를 워낙 좋아해 신점을 보러 가서도 면발 좋아하냐는 말을 들었던 나는, 웬만하면 세끼 중에 한 끼만 밀가루를 먹으려고 한다. 이 규칙은 철저히 악용되고 있다. 하루 한 끼는 꼭 밀가루를 챙겨 먹는 모양새가 된 것이다. 그리고 그 끼니를 너무나 기다린다. 아침에 맨밥을 고추장에 비벼 먹으면서 점심에 국수를 먹는 밀가룻빛 미래를 꿈꾼다. 파스타를,

국수를, 수제비를, 바게트를 참으로 좋아한다.

비건이 되고 나서 파스타와 국수, 빵은 많이 먹었는데 수제비를 제대로 먹은 적이 없었다. 비건 수제비를 파는 곳에서는 대체로 들깨 수제비가 나왔고, 나는 그냥 수제비를 좋아한다. 그래, 밀가루를 반죽해서 직접 만들어 보자. 안 해본 것을 한번 해보자고 마음먹었다.

포대 끝부분을 가위로 살짝 잘랐다. 이와이 슌지 영화처럼 뿌옇게 포슬포슬 날렸다. 큰 대접을 꺼내 놓고 붓는데 밀가루가 맘처럼 탈탈 나오지 않았다. 뭐든지 쪼금 하는 내가 구멍도 쪼금 내놔서 바로 교통 체증이 왔다. 3킬로그램짜리 포대를 어르고 달래 가며 밀가루를 부었다. 소금을 조금 뿌려서 숟가락으로 살살 섞고, 식용유 한 방울과 물을 조금씩 부어 가며 섞었다. 어느 정도 가루 티를 벗고 어엿한 반죽의 모양새가 되었을 때 손을 투입했다. 밀가루 냄새가 폴폴 났다. 이 냄새가 왜 이리 좋을까. 기억나지 않는 어린 시절의 행복과 연결되어 있는 걸까. 왜 좋긴, 몸에 안 좋으니 좋은 거겠지. 반죽을 오래 해야 맛있다는 말에 시간을 들이다 보니 별 쓸데없는 생각이 다 들었다.

나의 첫 반죽이 완성되었다. 동그란 반죽을 용기에 담아 냉장고에서 숙성시켰다. 세 시간 숙성했는데 중간에 몇 번을 열어 보고 찔러 봤는지 모르겠다. 다시마를 우린 채수에 다진 마늘, 맛술, 그리고 식물성 조미료 연두를 조금 넣고 감자를 썰어 넣었다. 마약이 될 뻔했던 야구공을 냉장고에서 꺼내 죽 늘어트렸다. 내 손으로 〈쫄깃〉을 만들었다는 것이 믿기지 않았다. 달고, 시고, 쓰고, 맵고, 시원한 것은 만들어 봤어도 쫄깃한 것은 처음이었다. 처음엔 느긋하게, 나중엔 허겁지겁 뜯어 넣었다. 소금으로 간을 맞춘 뒤 후추를 톡톡 치고 그릇에 담았다.

왜 진작 안 해봤을까. 레시피에 〈숙성〉, 〈반나절 뜸 들이세요〉 같은 말이 들어가면 피했다. 촬영이 끝나고 남은 비품이나 소품을 챙겨 오는 것도 그렇다. 별것 아닌데 나는 참으로 보수적인 사람이어서 하던 대로만 하고 살려고 한다.

수제비 혁명을 하고 나니 자신감이 생겼다. 한 번도 안 해본 부추전 만들기에 도전해 봤다. 실패였다. 하지만 〈전〉을 얼마 〈전〉 도〈전〉해 봤다니 라임에는 성공이다. 랩을 해볼까? 하던 대로 기타나 쳐야지. 그래도 언젠가는 마음이 동하면 반죽을 해봐야지. 그것이 촬영 끝나고 남아서 싸 온 밀가루든, 랩이든, 또 내가 알지 못하는 무엇이든 간에.

밀가룻빛 미래를 꿈꾸는 수제비

4 hour

감자, 다시마, 밀가루,
다진 마늘, 맛술, 연두

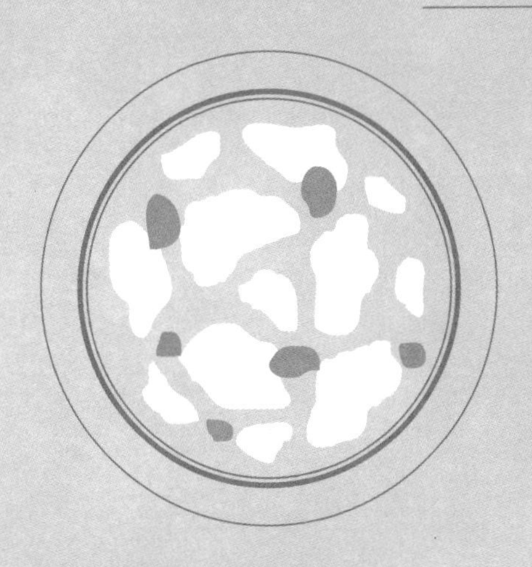

1. 포대 끝부분을 가위로 자르고 큰 대접에 밀가루를 붓는다.
2. 소금과 식용유 한 방울, 물을 조금씩 부어 가며 반죽한다.
3. 반죽이 완성되면 용기에 담아 냉장고에서 세 시간 숙성시킨다.
4. 다시마 채수에 다진 마늘, 맛술, 연두를 넣고 감자를 썰어 넣는다.
5. 처음엔 느긋하게, 나중엔 허겁지겁 밀가루 반죽을 뜯어 넣는다.
6. 소금으로 간을 맞춘 뒤 후추를 톡톡 치고 그릇에 담는다.

메모 내가 수제비를 직접 해 먹는 자가 되었다니,
밀가루 고수가 되었다는 자부심을 만끽한다.

걸절이와 신

수현

김치를 좋아했다가 안 좋아했다가 좋아했다가 안 좋아했다가 한다. 어렸을 때는 어른들이 고춧가루를 잘 먹기에 나도 덩달아 저걸 잘 먹어야 하는 줄 알았다. 그래서 좋아했다. 어느 날엔 김치가 비리다는 생각이 들었다가, 또 어느 날엔 라면에 살짝 얹어 먹으면 그렇게 맛이 있다가, 또 다음 날엔 손이 잘 안 가기도 했다.

입맛이 오락가락하는 동안에도 안 익은 하얀 배추 줄기는 똑같이 맛이 없었다. 거기에는 간이 잘 안 배니까. 특히 겉절이는 안 좋아했다. 겉만 절인 김치라니, 커피 향을 탄 물 같다. 저것이 커피여, 물이여. 이것은 커피 물이다. 난 그런 애매한 걸 별로 안 좋아한다. 음식을 입에 넣으면 오물오물 씹는 도중에 고춧가루든 간장이든 음식의 간이 먼저 식도로 넘어가고 재료가 마지막까지 남는다. 특히 질긴 음식은 더 그렇다. 겉절이의 고춧가루는 겉에만 붙어 있어서 마지막엔 배추만 아삭아삭 씹게 된다. 그렇게 생각했다.

김치를 담가 본 적이 없었다. 겉절이도 마찬가지다. 사실 담그고 말고 할 것도 없이 김치의 존재에 대해 심각하게 생각해 본 적이 없었다. 엄마랑 같이 살 때는 김치가 계속 생겨났다. 없어질 때쯤 옆자리에 다시 고개를 내미는 빨간 뾰루지처럼 배추김치 옆에 파김치 옆에 갓김치 옆에 총각김치 옆에 깍두기…….

혼자 산 지 12년 차, 얼마 전에 깍두기를 담가 냈다. 무 두 통을 포대기에 싸다시피 해서 어르고 달래며 생각했다. 엄마, 무 되게 무겁다. 무를 소금과 설탕에 재우고, 밀가루 풀을 쑤고 식혔다. 그동안 고춧가루, 간장, 매실청 등등을 섞어 양념을 만들었다. 절인 무에 식은 풀과 양념을 부어 버무린 후 주섬주섬 큰 통을 꺼내 담았다.

힘들었다. 글로 쓰니까 안 담긴다. 일련의 과정을 되게 〈빨리! 신속하게! 힘듦 없이!〉 해낸 것만 같아서 왠지 억울하다. 그래서 연애편지가 한 장에 안 끝나는 걸까. 샌드백 백 번 내리친 듯 얼얼한 손을 찬물에 식히며 생각했다. 엄마, 이거 어떻게 평생 혼자 했어. 막 담근 깍두기에서는 무 맛이 났다.

양념이 먼저 목구멍으로 넘어가고 무가 남았다. 그래도 이건 깍두기다. 안 애매하다. 왜지?

「애매한 게」라는 노래를 부른 신승은이 겉절이를 해줬다. 신승은은 겉절이를 좋아하나? 사실 처음에 겉절이를 해주겠다고 했을 때 그리 반갑지 않았다. 〈왜 굳이 배추에 뭘 하나〉라는 생각이 들어서였다. 신승은은 배추 잎을 몇 장 뜯었다. 원래 신승은은 좀 느리다. 그렇게 느린 손으로 배추 잎을 몇 올 안 남은 머리칼을 감기듯 씻었다. 그리고 물기를 탈탈 털더니 간장을 넣고, 고춧가루를 넣고, 매실청을 넣고, 연두를 꺼내 넣었다. 그러곤 느리게 조…… 물…… 조…… 물……. 내가 상상한 겉절이보단 하얀색이었고, 내가 아는 신승은은 간을 잘 안 본다. 단출한 식탁 위에 올라온 겉절이에서는 배추 맛이 났다. 고춧가루 섞인 양념이 봄바람 스치듯 지나갔고, 배추가 오랫동안 남았다. 그때 알았다. 배추가 달다. 신승은의 신은 겉절이의 신인가?

아직 덜 익은 무에서는 쌉싸름한 맛이 나고, 배추 흰 줄기는 씹을수록 단맛이 난다. 고춧가루는 매콤하고 간장은 짭짤하다. 매실청은 시큼하다가 달다가 오락가락하고, 액젓 대신 들어가는 연두에서는 감칠맛이 난다. 그런 맛이 겉에 있고 씹으면 달큼하다. 이것은 배추인가, 양념인가. 뭐 어때, 이것은 겉절이다.

2 hour

겉절이의 신

배추, 고춧가루, 깨,

매실청, 연두

1. 배추를 반으로 쪼개고 한 시간 동안 소금에 절인다.
2. 배추가 말랑해지면 물에 조물조물 씻는다.
3. 물기를 털어 내고 배추 잎을 한 장 한 장 뜯는다.
4. 배추 잎에 간장, 고춧가루, 매실청, 연두를 넣고 무친다.
5. 마지막으로 깨를 뿌린다.

메모 겉절이는 감으로, 즉흥으로 하는 게 제맛.

오늘의 겉절이가 실패라면, 다음에 또 하면 된다.

포기는 배추를 셀 때 하는 말

승은

포기는 배추를 셀 때나 하는 말. 이거 진짜 재미도 없는 말이다. 내가 진지하게 포기를 생각하고 있기 때문이다. 나는 하루에도 수십 번씩 배추를 센다. 근데 포기는 셀 수 없다. 배추가 아니니까. 한번 포기하면 끝이니까.

얼마 전에 큰 배추를 샀다. 나는 배추를 사면 겉절이를 무치거나 된장국을 끓여 먹거나 둘 중 하나인데, 요새는 새로운 스타일의 겉절이에 빠져서 그마저도 하나로 좁혀졌다. 요즘 내 손에 들어온 배추는 무조건 겉절이로 졸업한다. 배추 한 통에 만 천 원, 너무 비싸지. 근데 진짜 컸다. 주방에서 손질하며 〈이야, 다시 마트에 가서 몇천 원 더 드려야겠다〉 하고 농담을 했다.

큰 식자재는 주방에 혼란을 가져온다. 주방이 가득 차기 때문에 어찌해야 할지 모르겠다. 배추 잎을 한 장씩 씻을 때도 남은 배추들을 어디에 두어야 할지, 또 씻은 배추 잎은 어디에 둬야 할지 고민하게 된다. 나중에 생각해 보면 이렇게 저렇게 하면 되겠다 싶은데 그때는 그러질 못했다. 큰 배추를 만나게 되면 난 또 당황할 것이다. 주방이 작아서가 아니다. 내가 작아서다. 내가 긴장해서…….

고춧가루를 팍팍 써야 한다. 쪼잔한 나는 재료를 조금 써서 양념이 대체로 부족하고 싱겁기 일쑤다. 〈오늘 터져 보자〉 식으로 해야 겨우 맞는다. 오늘도 터져 보자고 해서 싱거운 겉절이가 완성되었다. 간장, 고춧가루, 매실청, 연두, 그리고 마지막에 깨를 뿌리면 끝이다. 계량을 하지 않으니 맛도 제각각인데, 서울 국제 여성 영화제 개막식 날이 제일 잘되었다. 항상 그 최고를 회상하며 그걸 기준으로 해보는데 어렵다.

그 전설의 날은 배추가 작았다. 작은 배추 잘하는 사람, 큰 배추 잘하는 사람이 따로 있는 걸까. 나는 모든 배추를 잘하고 싶은데, 욕심인 걸까. 사주를 보니 내가 요새 포기를 생각한다 그랬는데, 결국엔 잘된다고 했다. 한데 나는 부정적인 것만 믿는다.

시나리오를 쓰고 있다. 처음 장편을 쓰려니까 머리가 터질 것 같고, 내게는 한 시간 반짜리 배추를 만질 능력이 없다는 생각만 든다. 포기하고 싶다. 포기하고 싶어. 근데 포기할 수 없어. 포기하면 끝이기 때문이다. 내가 쓰고 있는 시나리오의 주인공은 죽으면서 다시 시작한다. 좋겠다. 끝난 뒤에 뭐가 있어서.

초조한 만화 캐릭터처럼 집 안을 이리저리 왔다 갔다 했다. 그런 나 자신을 발견할 여유도 없었다. 나중에야 생각한다. 내가 그랬었지. 그 모습을 본 친구가 명상을 하자고 했지. 명상을 하고 나아져서 다시 시나리오 앞에 앉았다가 한 시간 반이 지나고 〈내 일이 아니다. 미치겠다〉라는 생각이 들어서 이 글을 쓴다.

나는 평소에 욕을 잘 하지 않는다. 근데 나 자신한텐 욕을 쏟아붓고 싶다. 완성하고 싶다. 재미있는 영화를 만들어서 사람들이 보고 웃었으면 좋겠다. 이 글을 보고 〈아, 포기하고 싶다는 생각이 드는 것도 과정이구나〉라고 생각했으면 좋겠다. 내가 결말을 정해 버렸나? 인물의 감정대로 가야 하는데, 여기서 인물은 나인데, 그럼 포기하게 둬야 하나?

이 영화라는 배추는 10억 미만이면 〈저예산〉이라고 한다. 뭐 이런 세계가 다 있어. 보다 못한 친구가 답답해하는 나를 데리고 나갔다. 둘이 산책하다가 연희동의 건물들을 보며 〈이거 50억 할까? 더 하겠지?〉 하면서 지나갔다. 그런데도 그

건물들은 넷플릭스에서 한번 클릭하면 두 시간 뒤 사라져 버린다. 내가 배추를 세고 싶은 마음을 다스려 가며 만든 초가집도 그렇게 되겠지. 누군가의 마음에 남아서 세지 않고 썰어 싱거운 겉절이라도 된다면…….

싫다, 싱거운 겉절이는! 그래, 이 마음 때문에 계속 힘들다. 한 글자, 한 문장 쓸 때마다 싱거운 겉절이를 먹는 기분이다. 전에는 뚝딱뚝딱했는데 고춧가루 문제인지, 매실청 문제인지 모르겠다. 아니다. 내 손 문제겠지.

트럭 화물칸에 배추가 잔뜩 쌓여 있다. 거기에 선 캡을 쓰고 토시를 낀 누군가가 서서 바닥에 있는 같은 복장의 누군가에게 배추를 던져 나른다. 〈하나, 둘, 서이, 너이〉 하는 소리가 들려온다. 슬프다. 배추를 세는 사람들의 목소리에는 리듬감이 있고 영혼이 없다. 배추가 줄지 않는다. 트럭 위의 사람도, 아래에 있는 사람도 허리가 아플 것이다. 그럼에도 그들은 계속 기계적으로 배추를 던지고 받는다. 밤이다. 가게들이 문을 닫았다. 나는 배추를 던지고 받고 나른 것도 아니면서 손목이 아프다.

이번에는 배추가 진짜 컸다. 1차로 겉절이를 엄청 많이 해서 친구들한테도 주고 엄마한테도 줬다. 맛없게 됐었다.

2차 시도는 그보단 조금 낫긴 했다. 주변에 나눠 주고도 남아서 통에 넣어 놨다. 내일 먹을 거다. 맛이 별로일 거 같아 쳐다보기도 싫지만 내 몫이니 어떻게든 냠냠 먹어야지. 다음에는 고춧가루를 더 팍팍 써야 한다. 한번 콱 질러 보자, 터져 보자는 마음으로 해봐야지. 그 큰 배추가 아직 남아 있다.

그러고 보니 난 항상 배추를 〈통〉이라고 셌네. 셀 수 있을 정도로, n포기라고 할 수 있을 정도로 샀네. 두 포기 이상 사보지도 않았네. 포기하기에도 통이 작았던 인간은 아직 포기하지 않았습니다!

미나리 헤이터

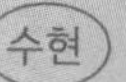

어렸을 적엔 미나리를 자주 먹었다. 엄마, 아빠는 외식 메뉴로 미나리가 듬뿍 담겨 나오는 버섯칼국수를 좋아했다. 나는 그 칼국수를 먹으러 갈 때마다 이상한 마음이 들곤 했다. 칼국수를 먹는다니 신이 나다가도 버섯과 미나리가 영 내키지 않아서 입꼬리 위치가 애매하게 놓였다. 불그스름한 탕은 분명 먹음직스럽게 보였으나 미나리가 너무 많이 들어서 식욕을 뚝 떨구었다. 미나리도 버섯도 다 싫었던 나는 감자와 칼국수만 먹었다. 결론은 음식을 절반만 먹었다는 슬픈 이야기. 흐물거리는 미나리 잎이 어쩌다가 국물에 딸려 입안에 들어오면 마치 쇠를 먹는 듯한 느낌에 혀를 이리저리 굴려 댔다. 그 모습은 아랫집에 사는 신연경이 고수를 먹는 짝과 비슷했다.

연경은 고수 헤이터hater다. 무언가를 싫어하는 일은 종종 초능력으로 발현되곤 한다. 예리한 입의 감각이 귀신같이 고수를 알아차리는 것이다. 눈에 보이지 않는데도 〈혹시 여기 고수가 들어갔나요?〉라고 물을 수 있는 능력. 그러니까 곱게 갈아 소스에 섞는다든지, 향만 내고 나서 걷어 내더라도 신연경의 눈에는 고수가 보이는 것이다. 아주 싱그러운 모습으로 푸릇푸릇한 고수 한 다발이…….

연경과 함께 사는 요리사 박정원이 주방에서 샌드위치에 넣을 고수를 물에 헹궈 낸다. 꼭 닫힌 방문 안쪽에서 연경은 일을 하고 있다. 잠시 뒤 소리 없이 문이 열리더니 연경이 말한다. 언니, 혹시 고수 씻어?

독립을 한 뒤 나는 가족들 대신에 함께 자주 식사를 하는 친구들이 생겼다. 다양한 사람들과 한 끼를 나누면서 절로 알게 되는 것이 있다. 모두가 입맛이 다르다는 점이다. 그 점은 우리가 서로 다른 개별의 존재라는 사실을 새삼스레 깨닫게 해준다. 특히 신연경, 애 입맛은 유독 신기하다. 아무거나 잘 먹는 친구들과 달리 연경은 자기만의 독특한 기준이 있다. 신승은은 그런 연경의 입맛을 문서로 정리하기 시작했고, 그 모습을 보며 나는 〈그게 무슨 쓸데없는 짓이야〉 했지만 덕분에 이 글을 쓰고 있다.

고수 헤이터로 소개한 연경은 당근 헤이터기도 하다. 그뿐만 아니라 각종 허브 헤이터, 따뜻한 과일 극혐 헤이터, 견과류는 먹으면 고소해도 굳이 안 먹는 헤이터, 식혜의 꽃인 밥알 헤이터, 처음 마주하는 낯선 음식 헤이터다. 그중에서 가장 독특하다고 느끼는 점은 상황에 따라 먹을 수 있는 음식이 바뀐다는 것이다. 예를 들자면 식혜는 찜질방에서만 먹는다든지(물론 그때도 밥알은 거른다. 밥은 좋아한다), 컵라면에 단무지를 곁들여 먹는 건 오직 피시방에서만 가능하다든지, 무인도에 떨어져 먹을 것이 영 없으면 해초무침을 먹겠다든지, 피클은 피자랑은 안 먹고 단독으론 먹는다든지……. 얼마 전엔 이런 말도 했다. 아몬드는 누가 직접 먹여 줘야 맛있더라. 연경아, 뭔 소리야.

친구들과 야채를 푹 고아 먹은 적이 있다. 연경도 맛있게 먹었는데, 유독 청경채에는 손을 안 대는 것이었다. 연경의 입맛을 탐구하는 나는 기대에 찬 눈빛으로 물었다.

「너 청경채는 안 먹네?」

연경이 대답했다.

「물에 빠진 청경채는 안 먹어.」

나는 다시 물었다.

「근데 너 청경채 볶음밥은 좋아하잖아.」

연경이 살짝 웃으며 대답했다.

「그건 물에 안 빠졌잖아.」

어렸을 적엔 못 먹는 음식이 많았다. 아니, 〈못 먹는다고 믿는 음식〉이라고 말하는 편이 더 정확할지 모르겠다. 태어난 순간부터 육식에 길든 탓에 야채 앞은 늘 낯설었다. 나는 야채의 맛은 어딘가 텅 비어 있다고 생각했다. 야채마다 지닌 맛이 다르다는 것을 몰랐다. 메인인 육식에 곁들이는 음식이란 인식이 야채의 무수한 변신을 기대할 수 없게 만들었다. 우리의 편식은 어쩌면 숙명이었을지도 모를 일이다. 야채가 메인이 된다면? 쇠 맛이 나는 미나리에도 쓸모가 생기지 않을까?

그러니까 오늘은 미나리 감자탕을 해 먹을 셈이다. 냄비에 물을 받고 끓기를 기다리는 동안 재료를 손질한다. 감자와 버섯, 미나리 한 줌이면 끝이다. 땅에 파묻혀 있던 감자를 꺼내 흙을 털어 내고 껍질을 깎아 낸다. 금방 익힐 수 있는 두께로 썬다. 이어서 버섯을 들어 올린다. 버섯의 종류는 내키는 대로다. 새송이버섯과 느타리버섯, 원한다면 표고버섯도 좀 들어가면 좋겠지. 송송 썰어서 먼저 누워 있는 감자 옆에 눕힌다. 이어서 양념장을 만들려는데, 모든 음식은 양념장 맛이라는 비건 지향인들의 말이 떠오른다. 암, 그렇고말고.

얼큰하고 시원한 국물을 내려 한다. 검색창에 〈해물탕 양념장〉이라고 치면 논비건 음식도 양념장만큼은 대부분 비건 재료로 만들어진다는 사실을 알게 된다. 간장 두 숟갈, 고추장 세 숟갈, 고춧가루 한 숟갈, 다진 마늘 크게 한 숟갈, 된장 세 숟갈, 맛술 한 숟갈, 후추 톡톡. 휘휘 섞은 양념장을 끓는 물에 풀고 감자와 버섯을 빠뜨려 센 불에 끓인다. 감자가 익는 동안 대망의 미나리를 씻으면 되겠지. 냉장고를 뒤적거리는데 말도 안 돼, 미나리를 까먹었다.

잠시 절망하던 나는 한달음에 마트로 달려간다. 텅텅 비어 있는 미나리 칸. 영화 「미나리」의 배우 윤여정이 아카데미 여우 조연상을 받은 뒤 미나리 매출이 폭등했다는 기사를 본 적이 있는데 정말로 그 때문일까. 예전의 나였다면 〈이게 무슨 짓들이야〉 하며 콧방귀만 뀌어 댔을 것이다. 쇠 맛이 나는 미나리를 포기했을 것이다. 하지만 나는 다른 마트로 달려간다. 미나리를 못 구하면 어떡하지? 초조한 마음으로 달려간 미나리 코너에는 인간이 바글바글하다. 맨 앞줄에서 필사적으로 손을 뻗는 내 모습은 야채의 변신 가능성을 발견한 덕분이고, 고수 헤이터 신연경이 얼마 전 고수 파스타를 먹은 일이 그 짝과 비슷하다. 미나리 헤이터, 아니 러버lover.

기차 안에서

나는 오늘 꿈 하나를 이루었다. 기차 안에서 노트북으로 글쓰기. 영화 「스패니시 아파트먼트」는 작가인 로맹 뒤리스가 기차 안에서 전전긍긍하며 글을 쓰는 장면으로 시작한다. 멋져 보였다. 급하게 무언가 쓸 것이 있다는 것. 그게 얼마나 가슴이 답답하고, 머리가 뽑힐 것 같고, 초조해 미치겠고, 배꼽시계가 아니라 내 몸의 모든 부위가 시곗바늘이 되어 탁탁 사정없이 돌아가는 일인지 이제는 알지만……. 그때는 그게 멋있어 보였고, 지금도 조금은 그렇고, 어쨌든 나는 쓰고 있다.

대학 시절 나는 돈을 아끼느라 밖에서 물 한 모금 안 사 먹었다. 내가 나를 위해 오롯이 돈을 쓰는 게 영 아까웠다. 당시 나의 점심은 늘 컵라면이었다. 큰 컵라면은 1,050원, 작은 컵라면은 850원이었는데, 그 룰을 깬 작은 듯 통통한 800원짜리 컵라면이 있었다. 그걸 사서 국물까지 싹싹 비우곤 했다. 그렇게 아낀 돈으로 술을 사 먹었다. 안주는 무조건 한 잔당 한 입. 그때부터 친하게 지낸 친구랑 다른 죽도 잘 맞았지만 이런 쪽에서 죽이 엄청 잘 맞았다. 우리는 술집에 가서, 아니 주로 밥집에 가서 밑반찬이 나오면 이순신과 광개토 대왕이 된 것처럼 호기롭게 말했다.

「이 ○○○에 반병은 먹겠다!」

○○○에는 주로 콩나물무침, 깍두기, 미역줄기볶음 등이 들어갔다. 뭐든 배만 채울 수 있으면 됐다. 안주는 위장에 토 안 할 명분을 줄 만큼만, 딱 그만큼만 먹었다. 그리고 그날이 찾아왔다.

그즈음 나는 공연을 하기 시작한 터라 주로 홍대에서 술을 먹었다. 그날도 홍대에서(그 전에 이순신과 광개토 대왕을 영접한 곳은 대학로였다) 샤부샤부집에 갔다. 거기서 친구가 그랬다. 이제 맛을 느껴 보자고. 우리는 천천히 안주를 음미하면서 술을 마셨다. 둘이서 세 병, 내가 가장 좋아하는 이인삼각. 샤부샤부는 최고의 안주였다. 건더기, 국물, 면, 죽을 다 먹을 수 있었다. 나는 그때 맛을 알아 버렸다.

그렇게 맛을 알게 된 내가 아예 맛에 푹 빠지게 된 계기가 있다. 바로 비건 지향이다. 내 요리 인생은 비건 전후로 나뉜다. 비건 음식이 흔하지 않아 자주 해 먹다 보니 이제는 두 끼니를 연속해서 사 먹으면 속이 헛헛한 느낌이 든다. 무엇보다 목숨이 없는 밥상을 차린다는 사실이 뿌듯하고, 요리를 하면 할수록 내가 생각하는 그 맛을 찾아가는 과정이 황홀하다. 나물을 뚝딱 무치고, 육수 없이 진한 국물을 낸다. 그러다 보니 미각이 점점 예민해진다. 뭐야, 소금이 이렇게 맛있어? 후추가 춤을 춘다!

하지만 여전히 밖에서 한 끼 사 먹는 것은 아까웠다. 집에 있을 때는 해 먹으면 되지만, 여행이라도 가면 문제였다. 나는 관객과의 대화나 공연을 하러 종종 서울을 벗어나 다른 지역에 가는데, 혼자 갈 때면 대전이나 대구 정도는 당일치기로 아무것도 먹지 않고 다녀오곤 했다. 집에 오면 녹초가 되었고, 쪼그라든 위는 다음 날까지 잘 펴지지 않았다. 1박 2일로 다녀와야 할 때도 대충 주전부리로 때우는 경우가 많았다. 하지만 오늘은 달랐다.

내가 연출한 영화 「프론트맨」의 관객과의 대화 자리가 마련되어 오후 3시 기차를 타고 대구에 갔다. 상영은 저녁

7시 30분, 돌아오는 차편은 밤 10시 30분에 예매해 놓았다. 오늘은 뭔가 먹고 오겠다고 다짐을 했다. 동대구역에서 내려 찜해 놓은 비건 옵션이 있는 식당으로 갔다. 비건 타코가 2피스 1만 3천 원. 음료값이 아까워 미팅할 때 외에는 카페도 잘 안 가는 내가 7천 원짜리 와인 한 잔도 시켰다. 가게는 내가 좋아하는 분위기였다. 작고, 신나는 월드 뮤직이 나오고, 손님이 한 테이블만 있었다.

창가에 앉아 타코를 기다렸다. 테이블에는 타바스코를 포함한 핫소스만 네 종류. 음식이 나오기 전에 하나씩 뚜껑을 열어 냄새를 맡았다. 익숙한 타바스코는 우선 뺐다. 그리고 타코 2피스가 나왔다. 속이 훤히 보이는 솔직한 녀석. 꽁꽁 말아서 한입 먹었다. 솔직히 첫맛은 그냥 그랬다. 근데 먹을수록, 배가 찰수록 맛이 있었다. 적재적소에 와인을 마셨다. 나는 음식을 먹을 때 한 접시를 먹어도 첫입부터 끝 입까지 다양한 방법으로 먹는 편이다. 세 가지 소스를 각각 뿌려 먹기도 하고, 두 가지 소스만 섞어 발라 먹기도 하고, 와인을 마시고 먹기도 하고, 먹는 도중에 와인을 마시기도 하고, 다 먹고 나서 와인을 마시기도 하고……. 그러다 보니 접시만 남았다. 아, 완벽한 한 끼였다. 멋진 어른이 된 기분이었다.

그리고 서울로 오는 기차 안에서 노트북으로 이 글을 쓴다. 이러려고 종일 무거운 노트북을 메고 다녔다. 나는 지금이 만족스럽다. 아까 타코를 씹으며 창밖으로 보험 회사 간판을 볼 때도 그랬다. 간판 위로 반사된 가게 안의 조명 빛이 따뜻하고 기분 좋았다.

물론 서울에 도착하자마자 작업 중인 시나리오 때문에 자료 조사를 하러 가야 한다. 시나리오는 안 좋은 피드백을 받았고, 그 문제로 골머리를 썩고 있으며, 〈꼭 이렇게까지 일을 해야 할까. 투자를 못 받아서 못 찍게 될 수도 있잖아〉 하는 데까지 생각이 미친다. 어젯밤만 해도 쉬려고 누워서 〈내가 쉬어도 될까. 오늘 아홉 시간 일했으니 괜찮을까. 지금 아무것도 발전이 없잖아〉 하면서 불안해했다.

그래도 나는 이 순간을 근사하다고 느끼기로 했다. 타코를 먹고 와인을 마시고 일하고 당일치기로 기차를 타고 오면서 15분이 아까워 3천 원 손해 보며 기차 시간을 앞당긴 나를, 그리고 기차에서 이 글을 쓰는 나를 그냥 근사하다고 생각해야겠다. 그렇게 하고 싶다.

가끔은 이렇게도 생각해야지.

B side

고양이와 알레르기

수현

나는 고양이들과 함께 살고 있다. 무려 셋이다. 슈짱과는 2010년 여름, 독립 아닌 독립을 했을 때 만났다. 독립 아닌 독립이라 표현한 이유는 엄마가 보증금을 해결해 주지 않았으면 불가능했기 때문이다.

나는 어렸을 때부터 반려와 함께 지내고 싶어 했다. 하지만 독박 육아에 지친 엄마들은 반려를 들이는 것을 부담스러워하고, 멋모르는 자식들은 반려를 부르짖는다. 우리 집 역시 그랬다. 겨우 애들 다 키워 놨더니 또 애를 키우라고? 엄마 손 갈 것 없이 내가 다 책임지겠다는 (거짓말이 될) 말은 엄마에게 닿지 않았다. 그러니 내가 계속 본가에 살았다면 이 이야기는 시작도 되지 못했을 이야기. 어쨌거나 나는 독립에 성공한 사람이었다. 그 길로 고양이를 입양하기로 결심했고, 엄마에게는 물론 단단히 비밀이었다.

그렇게 슈짱을 만났다. 얼마 지나지 않아 그 사실을 알게 된 엄마는 화가 나 흐느끼며 곁눈질로는 슈짱을 봤다. 애는 아주 예쁘네. 누가 봐도 한눈에 반할 슈짱. 철창 집 맨 구석에 숨어 바들거리던 슈짱에게 나도 엄마도 한눈에 반했다.

슈짱과 함께 지낸 지 2년쯤 지났을 때, 문득 슈짱에게 친구를 만들어 주고 싶다는 생각이 들었다. 나도 일을 하는 사람이니 내둥 집에만 있을 순 없고, 나 없을 때 친구가 있으면 덜 외롭지 않을까? 그러고 보면 아이는 덜컥 생기거나 아주 계획적으로 생기는 걸까. 아니면 계획적으로 덜컥 생기거나. 생각해 보니 당연한 얘기를 했다. 이러나저러나 덜컥이라니, 첫째 입장에서도 둘째 입장에서도 뜬금없는 상황인 건 마찬가지였을 것이다.

그렇게 앙꼬가 우리 집에 왔다. 아직 고양이라고 할 수 없었다. 조그맣고 까만 솜덩어리가 영락없이 찐빵 속 앙꼬였다. 처음에는 낯선 냄새와 낯선 존재에 둘 다 혼비백산했다. 특히 슈짱은 처음 집에 발 들인 앙꼬를 보곤 질색했다. 당시 원룸에서 지내던 나는 적응기 동안 둘의 공간을 분리하기 위해 방 한편에 작은 철창을 쳐두었고, 슈짱은 굳이 철창 틈 사이로 손을 넣어 앙꼬를 때렸다. 앙꼬는 극심한 스트레스에 꿀

렁꿀렁 먹은 것 없이 잔뜩 토를 했다. 시간이 흐르는 만큼 적극적인 텃세는 줄어들었지만, 철창을 지나칠 때마다 하악질을 하는 일을 슈짱은 잊지 않았다. 까만 코를 바닥에 대고는 최대한 작게 웅크리고 있던 앙꼬의 동그라미를 잊을 수가 없다.

일주일이 지났다. 앙꼬는 슈짱을 따라다니며 충성하기 시작했고, 슈짱도 앙꼬가 조그맣다는 걸 인정하고야 말았다. 그러곤 극진하게 돌봤다. 앙꼬가 어린 패기에 까불다가 슈짱에게 호되게 혼도 났지만, 다 까먹고선 둘이 포개어 누워 잠을 잤다. 우리의 생활은 안정을 찾아갔다.

그 무렵 뭔가 불편해서 자다가 눈을 뜨면 발밑에 애들이 장 없는 책처럼 겹겹이 누워 있었다. 해가 넘어가기 전에 눈을 뜰 수 있었던 건 그윽한 눈으로 나를 관찰하고 있던 앙꼬의 따가운 시선 덕분이었고, 그래서 〈슈짱은 어디 있지?〉 하고 찾아보면 저 멀리서 몸을 한껏 뒤집은 채 자고 있었다. 사이좋게 간식을 먹다가도 슈짱 밥그릇에 얼굴을 들이미는 앙꼬의 식탐에, 대부분 놓치면서도 끝까지 쥐돌이를 포기하지 않는 슈짱의 사냥 열정에 웃음이 났다. 캣타워 꼭대기에서 슈짱이 잠이 들면, 앙꼬는 그 아래 칸에 앉아 멍을 때리다가 잠이 들었다. 그래, 생각해 보면 대부분의 기억은 애들과 포개져 잠을 자던 순간이다. 역시 잠을 잘 자야 한다. 행복이 별거냐, 이런 거지! 나는 떵떵거릴 수 있었다.

시간이 흘렀다. 셋의 불면은 갑작스레 시작됐다. 슈짱이 여섯 살, 앙꼬가 네 살이 되던 해였다. 갑자기 하얀 콧물이 나기 시작했다. 어느 스포츠 브랜드에서 주최하는 마라톤 행사에 참여하기 위해 부산에 간 날이었다. 감기인 줄 알았다. 〈마라톤을 해야 하는데 감기라니, 재수도 없지〉 하며 광안 대교 위에 섰다. 나는 흐르는 콧물을 바람으로, 손수건으로 막으며 광안 대교를 건넜다. 콧물이 계속 흐르니 속은 헛헛하고 머리가 아파 왔다. 그 모습을 본 매니저가 말했다. 너 그거 알레르기 같아.

며칠 뒤 재채기가 났고, 눈이 부어올랐으며, 피부에 발진이 생겼다. 목구멍과 귓속이 간지러워 어쩔 줄을 몰랐는데, 계속 혀로 긁어 대니 입천장이 까졌다. 콧물이 계속 흘러서 코밑이 발갛게 붓고 헐었다. 문을 열고 집에 들어가는 순간 한꺼번에 증상이 나타났다. 갑자기 나타난 이상 반응에 당황해 처음엔 뭐가 뭔지 몰랐다. 〈갑자기〉란 너무 강렬해서 그 순간을 박제한다. 그리고 덜컥 겁을 준다. 흰자위가 부풀어서 무서웠다. 목과 가슴에 오돌토돌 올라오는 발진을 보고 겁에 질려 병원에 갔다. 검사 결과는 모든 증상이 알레르기라고 쐐기를 박았고, 그 원인은 오로지 고양이라고 했다. 눈물이 펑펑 났다. 간지러워서도 펑펑 났다. 그러면 처방 약을 먹었다. 작은 알약 몇 개를 삼키면 증상은 5분 만에 사라졌지만, 몸이 급격하게 약해지기 시작했다.

엎친 데 덮친 격으로 보증금이 필요해 방을 빼야 했다. 투룸으로 이사해 애들과 분리해서라도 지낼 수 있다면 제일 좋았을 테지만, 그럴 수가 없는 상황이었다. 애들을 데려가기에 본가는 비좁았고, 더군다나 엄마에게도 심한 알레르기가 있었다. 근처 고시원을 빌려 볼까, 친구한테 잠시 부탁을 해 볼까(실제로 부탁도 했다), 보증금 없는 원룸을 구할 수는 없을까. 막막함에 솟아날 구멍이 있다는 말 따위 거짓말이라고 생각했다.

그때 거짓말처럼 친구가 하늘에서 동아줄을 뚝 떨구었다. 대구에 사업장이 있는 친구가 서울에 출장이라도 오면 숙박비가 월세여서 차라리 그냥 투룸을 구하기로 했다는 것이었다. 나는 그 줄을 기꺼이 움켜쥐었다. 방 하나만 내줄래, 제발 부탁이야. 친구는 흔쾌히 그렇게 하라고 해주었고, 나는 또 눈물이 펑펑 났다.

간신히 시작된 분리 생활. 하루에 한 번씩 슈짱과 앙꼬의 방에 방문했다. 밥을 채워 주고 물을 갈아 주고 화장실을 치워 주고 장난감으로 놀아 주다가 나는 다시 〈내 집〉으로 돌아갔다. 문을 닫고 나오면서 애들에게 말했다. 내일 또 올게. 잘 자.

시간은 어영부영 1년이나 흘렀다. 그사이 나는 혼자 살 수 있는 여건을 마련했다. 집을 알아봤고, 용케 괜찮은 곳이 있어서 바로 계약했다. 두 개의 방 가운데 안방은 내가 지낼 공간으로 꾸몄고, 다른 방은 고양이들이 지낼 공간으로 이미 꾸며져 있었다. 애초에 고양이와 함께 지낼 수 있도록 설계된 집이었다. 캣워크가 천장을 둘러 설치되어 있었고, 캣타워가 벽에 붙박이장처럼 붙어 있었으며, 환풍기 시설이라든지 사료를 보관할 공간이 근사하게 마련되어 있었다.

우리는 우여곡절 끝에 다시 〈우리 집〉을 갖게 되었다. 하지만 여전히 서로 얼굴을 볼 수 있는 시간은 하루를 통틀어 15분 남짓이었다. 어쨌든 나는 드디어 애들에게 진 빚을 갚았다고 생각했다. 그때는 그 모든 과정이 나의 최선이라고 굳게 믿었다. 다만 이제 와 알게 된 것이 있다. 알레르기의 궁극적인 원인은 고양이가 아닌 나에게 있었다는 것, 그리고 분명 무언가를 더 할 수 있었다는 것이다. 그 무언가를 더 빨리, 더 적극적으로 실행하지 못한 것은 평생토록 후회할 일 중 하나다.

이기적인 믿음

수현

그렇게 다시 집을 합쳐 살게 된 지 1년이 지났다. 마음은 한결 편해졌지만 찝찝함이 완벽하게 가시지 않은 채였다. 그러다가 우연히 철저한 식이 요법으로 원인 모를 알레르기가 사라졌다는 사람의 경험담을 듣게 된다.

사실 알레르기가 생긴 직후, 잠깐 채식에 도전했던 적이 있었다. 지금처럼 확신으로 시작했던 것은 아니었고, 고기를 안 먹으면 왠지 알레르기에 좋을 것 같다는 막연한 이유에서였다. 어쨌든 먹지 말자. 그러면 뭐 먹지? 나름대로 열심히 검색도 해보았다. 채식이라는 카테고리에는 종류가 많았다. 비건, 락토, 폴로…… 페스코? 그래, 붉은 육류 대신에 생선을 먹으면 되지. 그 정도는 할 수 있다는 마음으로 어쩔 수 없이 선택한 채식은 딱 이틀을 갔다. 제대로 해 먹지 않아 허기진 느낌을 단백질 부족 때문이라고 굳게 믿으며, 이 짓은 멀쩡한 사람도 잡는 짓이라 생각했다.

하지만 애들과 영원히 이렇게 지낼 순 없었다. 완치 사례까지 들었으니 희망을 품고 다시 시작해 보기로 했다. 그 마음이 스미자마자 전에 느꼈던 막막함이 원혼처럼 스산하게 찾아왔다. 오늘 뭐 먹지? 일단 배달 앱을 켰다. 한참을 들여다봐도 먹을 수 있는 게 없었다. 태어난 순간부터 동물을 먹어 온 우리는 동물성 단백질을 섭취하지 않으면 죽을지도 모른다는 공포에 사로잡혀 있는 게 분명하다. 그렇지 않고서야 이렇게 수많은 음식에 하나도 빠짐없이 동물이 들어갈 순 없는 일이니까. 새싹비빔밥은 괜찮겠지 싶어 보면 고추장에 꾸역꾸역 소가 들어 있는 식이었다. 역시나 식단에서 동물을 완전히 뺀다는 건 불가능한 일 같았다. 일단 붉은 육류라도 끊어 보기로 했다. 페스코가 되기로 결심한 날 아침, 나는 밥 한 끼를 해결하기 위해 한참이나 앱을 들여다봐야 했고, 그건 결단코 녹록지 않은 일이었다.

호된 시간이 흐르고 나는 점점 집에서 음식을 만들어 먹는 일에 익숙해지기 시작했다. 요리를 시작한 건 순전히 사 먹을 수 있는 게 적었을뿐더러 나에게 그럴 만한 시간이 있었기 때문이다. 가끔 동물성 단백질이 부족해 힘들(다고 착각

할) 때면 닭을 섭취했지만, 나는 스스로를 페스코라고 생각했다. 그렇게 나를 소개했다. 가끔 섭취하는 닭은 내가 지향하는 맥락 안에서 섭취하지 않는 것이나 다름없다고 세뇌했다. 사실은 알고 있었다. 돼지와 소, 양은 먹지 않으면서 닭을 먹는다는 것의 모순됨을……. 하지만 외면했다. 이러나저러나 이기적으로 시작한 채식이었다. 그래서 닿지 않는 영역이 있었다. 어패류와 유제품, 달걀 등 비윤리적 착취에 대한 부분이 그러했다. 실은 폴로 베저테리언으로 만족하며 살면서 나는 슈짱, 앙꼬와 빨리 예전처럼 지내고 싶다고 생각했다.

시간이 흐르면서 주변에 채식을 시작하는 친구들이 생겨났다. 그 정도에 마음 편히 눌러앉은 나와는 달리 신승은은 더 나아가 비건을 지향해 보는 방향에 대해 종종 이야기했다. 나는 시간이 꽤 지났음에도 동물성 단백질에 집착하고 있었고, 이렇게 대답했던 것 같다.

「나는 아예 다 못 먹으면 죽을지도 몰라. 최대한 줄이고 가끔 어쩔 수 없을 때는 섭취하자.」

승은은 그렇다면 일주일에 하루만이라도 육식을 전부 끊어 보는 건 어떻겠냐고 제안했다. 나는 생각해 보겠다고 했다. 뭘 생각해 보겠다는 건가. 생각은 그냥 생각으로 끝이 났다. 시간은 또 흘렀다.

어느 날 친구의 전화를 받게 되었다. 그때까지 논비건이었던 친구가 뜬금없이 비건을 지향하게 되었다며, 자신의 냉장고에 있는 치즈를 가져가겠느냐고 묻는 것이었다. 나는 흔쾌히 그러겠다고 했다. 동시에 물었다.

「갑자기 왜?」

친구는 말했다.

「어제 다큐멘터리를 봤는데, 그걸 보고 나니까 이제 고기 못 먹겠어.」

「그래? 제목이 뭔데?」

「왓 더 헬스What the Health.」

나는 전화를 끊자마자 친구가 말한 다큐멘터리를 시청했다.

사람은 누구나 건강하기를 원한다. 〈다 필요 없다. 아프지만 마라〉라는 말을 바람처럼 건네고 〈하고 싶은 걸 하려면 건강이 우선이다〉라는 말을 귀에 딱지가 앉도록 듣는다. 심지어 과일 껍질에 〈만수무강〉이라는 스티커를 떡하니 붙여 놓는다. 전염병이 전 세계를 휩쓸며 사회적 거리 두기가 시행되고, 개학이 미뤄지며 재택근무를 권고하게 되는 것, 공장들이 멈춰 서며 산업 체계를 마비시키는 현상의 표면적 원인은 바이러스 창궐이지만, 다시 말하자면 결국 건강을 지켜 내기 위함일 것이다.

〈몸을 죽이는 자본의 밥상〉이라는 부제처럼 이 다큐멘터리는 개인의 건강에 근거하여 육식의 지양을 이야기한다. 그러면서 막연한, 혹은 이미 닥쳐 있는 두려움을 정확하게 건드린다. 그와 동시에 어떻게 이런 육식 위주의 산업 구조가 건설될 수 있었는지, 그것이 개인의 건강에 어떤 영향을 미치는지, 우리가 미처 알지 못했고 영원히 알 수 없을지도 모를 진실을 정확하게 이야기한다. 동물권과 환경에 관한 이야기도 살짝 섞여 있긴 하지만, 그것이 이 다큐멘터리의 주된 목적은 아닌 듯 보였다. 얼핏 보면 〈나를 위해서 비건을 시작하자〉라는 것처럼 읽힐지도 모를 일이었다. 나에게는 그렇게 보였다.

나는 이 다큐멘터리 영화를 보고 비건 지향을 결심했다. 〈나를 위해서〉 비건이 되기로 한 것이다. 처음부터 나의 선택은 이기심에서 시작되었다. 알레르기를 견디기 힘들어서, 고양이들과 함께 지내고 싶어서, 육식이 결코 건강한 식단이 아니라는 것을 알게 되었기 때문에……. 이 모든 이유에 타인은 없었다. 내가 계속해서 나의 이기심을 꺼내 놓는 이유는 솔직함을 빙자해 스스로에게 면죄부를 주려는 것은 아니다. 결론부터 말하자면, 나를 위해 시작했다 하더라도 그 목적은 언젠가 바뀔 수 있다는 〈믿음〉이다.

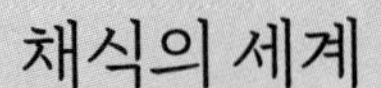

채식의 세계

플렉시테리언

Flexitarian

채식을 하나 상황에 따라
어패류와 육류를 먹는
채식주의자.

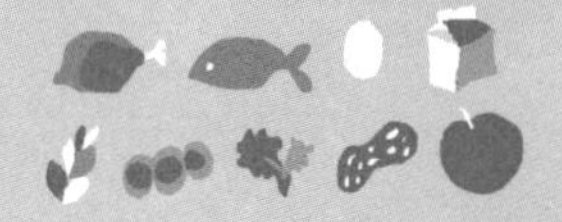

폴로 베저테리언

Polo vegetarian

가금류와 동물의 알, 어패류,
유제품을 먹으나 붉은색 살코기는
먹지 않는 채식주의자.

페스코 베저테리언

Pesco vegetarian

채식을 하나 동물의 알과 어패류,
유제품은 먹는 채식주의자.

락토오보 베저테리언

Lacto-ovo vegetarian

채식을 하나 동물의 알과
유제품은 먹는 채식주의자.

락토 베저테리언

Lacto vegetarian

채식을 하나 유제품은
먹는 채식주의자.

비건

Vegan

동물성 식품과 동물을 착취해서 만든
모든 것을 소비하지 않는 채식주의자.

하나, 후, 둘, 후,
셋, 후, 넷, 후

승은

2015년, 한국 예술인 복지 재단에서 하는 예술인 파견 지원 사업에 참여하게 되었다. 나는 6개월 단위인 이 사업에 세 번 참여했는데, 그때마다 친구에게 내가 도대체 무엇을 하는지 설명하기가 쉽지 않았다. 간단히 말하자면, 기업과 예술인들이 6개월간 매칭되어 일하는 시스템이다. 나는 여러 기업 중 동물권 행동 단체 카라에 지원했다. 돌아보면 동물권에 무지했던 내가 배워 보고자 내민 첫걸음이었다.

나는 팀 프로젝트와 개인 프로젝트를 맡게 되었다. 우선 팀 프로젝트로 개 식용 반대 스톱 모션 영상을 만들기로 했다. 카라에는 동물권에 관한 책들이 모여 있는 〈쿵쿵 도서관〉이 있는데, 거기에서 관련 도서들을 읽었다. 그곳에는 친화력이 강한 고양이들이 있었고, 책을 읽고 있으면 특히나 사람을 좋아하는 〈무쇠〉가 내 허벅지 위로 올라왔다. 그때마다 〈왜 개

식용만 반대할까?〉 하는 의문이 들었다. 나중에야 알았지만 정말 눈곱만큼도 모르고 저 멀리서 하는 소리였다. 동물권 활동가들은 모든 종류의 공장식 축산에 반대하고 있었기 때문이다.

개인 프로젝트로는 실험동물 반대 영상을 만들게 되었다. 관련해서 자료를 찾아보다가 놀라운 사실들을 알게 되었다. 인간과 비인간 동물은 생체 구조가 다르기 때문에 동물 실험을 하고도 인간에게 나타나는 부작용이 있었다. 게다가 비인간 동물을 생명으로 여기지 않는 실험 윤리 때문에 실험 남용이 끊이지 않았다. 이미 검증된 사실, 예를 들면 담배가 인체에 얼마나 해로운지에 관해서도 연구비 명목으로 꾸준히 실험이 계속되고 있었다. 2015년 국내 실험동물 수는 250만 7천 명*으로 한 시간마다 286명의 동물이 살해당하고 있었다.

지하 강의실에서 들었던 수업이 기억에 남는다. 난 그날 시작했어야 한다. 그러지 못한 것이 평생의 부끄러움이다. 더 많이, 더 빠르게 생산하기 위해 학대당하는 동물들의 실태는 끔찍했다. 산 채로 가죽을 벗기고, 그것을 다음 차례인 다른 생명이 바라보고 있었다. 이미 효과가 검증된 약을 연구비 명목으로 끊임없이 동물에게 주입하는 제약 회사와 연구소. 공장식 축산업의 실태와 그럼에도 존재하는 기아 인구. 이 모든 살생을 어떻게 해야 하지. 수업을 듣고 나서 친구를 만났다. 간사하게도 형태가 있는 고기는 먹기 싫었다. 겨우 내 의견을 얘기했지만 친구가 먹고 싶다고 해서 그냥 고깃집에 갔다. 모르는 척은 생각보다 쉬웠다.

그렇게 몇 달이 지나고 예술인 파견 지원 사업으로 번 돈을 보태서 2016년 12월, 1집 앨범을 냈다. 몇 달 뒤 2017년, 손수현이 나의 공연을 보러 왔고 우리는 친구가 되었다. 손수현은 페스코를 지향하고 있다고 했다. 문득 아무것도 안 하고 있는 내가 부끄러웠고, 나도 페스코를 지향하게 되었다. 누가 한다니까 해보는 나 자신이 싫기도 했다.

2017년에는 촬영 스태프로 여기저기 현장에 많이 다녔다. 새벽에 여주에서 촬영, 저녁에 홍대에서 공연, 이후에 근처에서 밤샘 촬영이 잡힌 날이었다. 새벽같이 여주에 갔는데 스태프 식사로 설렁탕이 나왔다. 가게에 들어갈 때부터 냄새 때문에 속이 좋지 않았으나 참았다. 참고 먹었다. 지금 먹지 않으면 하루 종일 아무것도 못 먹게 되겠지. 맨밥에 깍두기를 우적우적 씹어 먹었다.

어느 촬영장에서는 점심으로 햄버거가 나온 적이 있었

다. 그냥 먹었다. 사수들이 승은이 햄버거 먹는다고 킥킥댔다. 그러면서 김치까지 싸서 다니는 어느 팀 채식주의자를 본 적이 있는데, 사회성 떨어지는 애라고 욕했다. 촬영장에서 말 수 적기로 순위권인 내가 입을 뗐다.

「아, 햄버거 오랜만에 먹으니까 진짜 맛있네요.」

친한 피디가 있는 현장에서는 내 식사를 따로 챙겨 주기도 했지만, 학생 졸업 작품인데 나 때문에 괜히 돈을 더 쓰는 거 아닌가 미안했다. 그 피디는 그런 거 아니라고, 당연한 거라고 했다. 그분은 지금 나와 같이 비건 지향 중이다.

나름대로 채식을 실천하고 있었지만 정말 나름이었다. 동물권에 대해 공부했던 기억은 점점 옅어졌다. 내가 왜 이것을 하는지 잊은 사람처럼 그냥 행위만 하고 있었다. 페스코를 지향하는 삶은 육류를 지양하는 삶이 아니라 어패류를 많이 섭취하는 삶으로 변질되었다. 그렇게 지내다 보니 점점 내가 종차별주의자라는 찝찝함이 차올랐다. 어패류는 나와 많이 다르게 생겨서? 소젖과 닭 알 역시 착취의 산물이지만 죽인 건 아니니까? 스스로에게 이런 의문이 들기 시작하자 나 자신이 비겁하고 약아빠진 인간으로 여겨졌다. 일주일에 하루 이틀이라도 비건식을 해볼까? 주변에 어떻게 말하지? 엄마가 준 김치는 어떡하지? 살면서 한 번도 본 적 없는 내 안의 사회성 넘치는 효자가 튀어 올라왔다.

2019년이 되고 한 친구가 「왓 더 헬스」라는 다큐멘터리 영화를 보고 비건 지향을 결심했다. 나도 그 영화를 보았는데 대체로 다 알고 있던 내용이었다. 카라에서 배우고 접했던 이야기들. 근데 손수현은 그걸 보고 비건 지향을 결심했다. 얼떨결에 나도 같이하겠다고 했다. 그러면서 또 한 번 내가 싫었다. 친구가 가진 용기의 크기만큼 내 비겁함과 핑계도 컸구나. 몰라서 안 하는 것과 아는데 안 하는 것은 얼마나 차이가 나는가. 진짜 비겁쟁이다. 이런 비겁쟁이가 또 없다 싶었다.

마침 그날은 음원을 녹음하는 날이었다. 녹음을 하다가 배가 고파서 간식을 살 겸 엔지니어님과 편의점에 갔다. 엔지니어님이 좋아하는 빼빼로와 내가 먹을 바나나를 샀다. 엔지니어님이 빼빼로를 권해 주셨고 나는 사양했다. 비건을 지향하게 되었어요. 아, 저도 전에 했었는데……. 그분과 이런저런 이야기를 했다. 죽이는 것보다 사양하는 법을 그제야 택했다.

식자재를 정리했다. 나눠 줄 곳에 나눠 주면서도 효자 비건은 엄마가 준 김치까지는 먹었다. 먹고 나서 엄마에게 연락해 이제 비건을 지향하게 되었다고 말했다. 그럼 김치도 못 먹니? 응, 김치도 못 먹어. 엄마가 나를 잘난 척하는 불효자

취급할 줄 알았는데 〈그럼 뭐 먹고 살아〉 정도로 넘어갔다. 요즘은 엄마도 나물은 액젓 없이 만들고, 때때로 비건 식사를 하며, 종종 비건 김치를 담가 준다. 내가 비건 식당에 모시고 가면 엄청 좋아한다. 가끔 콩고기 사진을 보내면 콩으로 못 하는 게 없다며 깜짝 놀란다.

그렇게 한참 늦게 시작하게 된 비건은 지향하기 전의 생각과는 달리 어떤 운동의 마지막 단계가 아니라 시작이었다. 갈수록 더 많은 것을 알게 되었다. 트러플은 멧돼지를 착취해서 얻는구나. 그래, 꿀은 벌을 착취하지. 팜유를 얻기 위해 숲을 제거해서 멸종 위기 동물들이 사라졌구나. 하나씩 알게 될 때마다 마음속에서 반사적으로 〈그럼 뭐 먹고 살아〉가 튀어나왔다. 사람답지, 참 사람답고도 인간적이다. 먹고 살 거 많으면서……. 다른 생명이 착취당하고 있다는 사실을, 거기에 내가 일조해 왔다는 사실을, 그 사실을 수용할 수 있는 능력을, 그래서 그것을 지양하고 불편하게 살 수 있는 능력을, 그 불편한 삶이 익숙해질 때쯤 또 다른 불편함을 찾을 수 있는 능력을 기르자고 다짐했다.

요가와도 비슷하다. 에헴, 나는 요가 한 달 차다. 처음엔 앉는 것도 힘들어 난생처음 끽끽 소리를 냈다. 근데 하다 보니 요기까지는 된다. 그럼 요기서 조기까지 쪼금만 더 해보는 거다. 익숙함을 쟁취한 나에게 보상으로 새로운 불편함을 준다. 샴푸 대신 샴푸 바 써보고, 휴지 대신 손수건 써보고, 물티슈 대신 행주 써보고…….

이 과정들이 뿌듯함을 가져다줄 때도 있지만 무력함을 가져다줄 때도 많다. 특히 장을 보러 가서 비닐에 싸여 있는 야채들을 볼 때 그렇다. 혼자서는 무리다. 그러니까 나자빠지기 전에 다 짊어지려고 하지 말아야 하는데, 나보다 더 많은 것을 실천하며 사는 사람들을 볼 때면 존경심과 함께 나도 다리를 쫙 찢어 지금은 턱도 없는 요가 자세를 해보고 싶은 것이다.

요가 선생님이 항상 해주는 말이 있다. 호흡하면서 하라고. 하나, 후, 둘, 후, 셋, 후, 넷, 후……. 그래, 숨 쉬면서 오래 계속할 것이다. 〈잘못 살아왔다〉는 사실에 나자빠지고 싶을 때가 많지만 그래도 조금만 더, 조금만 더!

* 비인간 동물의 개별성을 존중하자는 관점에서 〈마리〉가 아닌 〈명〉의 단위로 표기한다.

오늘 뭐 먹지?

나는 연기를 업으로 삼고 있는 사람이다. 대부분의 프리랜서가 그렇듯 나 역시 다양한 사람들과 시시각각 바뀌는 일터에서 일한다. 비건이 되고 난 뒤 사람들과 만나 일을 하는 과정에서 합의해야 할 사항이 한 가지 추가되었다.

오늘 뭐 먹지?

촬영 현장에 오는 밥차의 식단은 대부분 동물이 든 메뉴로 구성되고, 간편하게 먹을 수 있는 도시락에도 대개 동물이 들어간다. 체력이 우선순위인 노동 환경에서는 단백질 함량이 높은 음식을 선호하는데, 내가 속한 일터에도 그런 경향이 있다. 추위와 더위 속에서 장시간 동안 버텨야 하는 경우가 잦고, 고도의 집중력을 요구하는 노동이기 때문이다. 그렇다 보니 동물을 섭취해 힘을 보충해야 한다는 생각이 깊게 뿌리 내리고 있는 듯하다.

나도 보양을 위해서 동물을 먹어야만 한다고 생각했다. 동물성 단백질을 일정량 섭취하지 못하면 죽을 것이라 확신했다. 그러지 않고도 몇 년째 멀쩡히 잘 살아 있는 걸 보니 오래된 신화는 목적을 위해 계속해서 가공되기도 하나 보다.

그 와중에 한국은 대부분의 인프라가 서울에 몰려 있다. 비건 식당도 서울에 적게나마 밀집해 있다. 그런 연유로 서울을 조금만 벗어나면 먹을 수 있는 것은 더더욱 줄어든다. 한 로케이션 장소에서 오랫동안 촬영을 하다 보면 지정된 밥집에서 밥을 먹게 된다. 이 밥집이 비건 식당일 리가 없다. 애초부터 논비건인 식당에서 논비건인 반찬들을 빼고 남은 메뉴를 일하는 내내 먹게 되는 것이다. 이를테면 김과 밥, 견과와 밥, 상추와 밥……. 그것에 질려 근처의 식당을 검색해 볼 때가 있다. 조금 거리가 있더라도 동물이 들어가지 않은 된장찌개를 파는 곳이 있다면, 정신없이 돌아가는 촬영지를 뒤로하고 기꺼이 휴식 시간을 할애하곤 한다.

오늘 뭘 먹을지 고민하는 사람은 나 말고도 또 있다. 비건 지향인 내 친구 신연경은 매일 점심을 분식집에서 때운다. 동물을 빼고 조리해 달라고 할 수 있는 식당이 회사 근처에 그곳뿐이기 때문이다. 웬만한 음식에는 준비 과정부터 동물이 들어가므로 가장 간편하게 빼달라고 할 수 있는 메뉴는 순두부찌개뿐이다. 멸치 육수 빼고 맹물로 조리해 주세요. 그 순두부찌개를 매일같이 먹게 된다.

누군가는 이렇게 말할 것이다. 네가 도시락을 싸서 다니세요. 아무리 생각해도 허무맹랑한 소리다. 주로 집에서 시간을 보내는 나도 매끼 밥해 먹기 귀찮고 힘든데, 새벽에 나가서 저녁에 들어오는 직장인이 어떻게 매일 도시락을 싸겠는가. 각자의 선택을 스스로 책임지라는 말일 텐데, 그런 말들은 아주 치사하기 짝이 없다. 본인은 잘 짜인 시스템 안에서 충분한 선택을 누리며 살고 있음을 간과하기 때문이다. 스스로 책임질 부분이 있다면 그것은 결과이지, 결코 불합리한 과정은 아닐 것이다.

이렇듯 동물을 먹지 않는다고 하면 상추는 안 불쌍하냐는 비약으로 튀어 버리는 상황에서 개인이 비건 지향을 지켜 나가는 일은 분명 쉽지 않다. 그런 적이 있었다. 대본에 적힌 상황을 연기하기 위해 베이컨이 올라간 크림 파스타를 먹어야 했던 순간. 미리 대본을 받아 보았지만 다른 메뉴로 바꿔 줄 수 있느냐고 묻지 못했다. 그저 베이컨을 슬쩍 옆으로 빼

놓고 크림이 묻은 면만 먹었다. 잘게 썰려 있던 베이컨 조각이 입으로 들어갔고 그냥 삼켰다. 베이컨 몇 조각 먹는 것보다 예민한 사람이 되는 모양새가 더 무서웠다.

송년회나 신년회는 주로 고깃집이나 횟집에서 한다. 회식도 마찬가지다. 나는 사회성을 발휘하여 군말 없이 따라가서 쌈을 싼다. 상추에 밥을 한 숟갈 퍼 올리며 생각한다. 다 같이 갈 수 있는 비건 식당이 많아지면 좋겠다. 그리고 그 식당에 가자고 말할 수 있는 용기가 나에게 생겨나면 좋겠다.

그리 대단하지 않은 용기를 내려 해도 가끔은 근거가 필요하다. 이를테면 〈무려 롯데에서 비건 식품이 나왔대〉라든가, 〈무려 구글의 2019년 키워드 1위가 비건이래〉 같은 것들……. 영화 「알라딘」의 주인공인 메나 마수드가 비건 지향이라, 그의 영향력으로 영화에서 육식을 하는 장면이 사라지고 그 자리는 과일과 야채로 채우게 되었다는 이야기. 무려 디즈니래. 「알라딘」의 제작 과정이 널리 알려져야 하는 이유는 그래야만 당연한 윤리에 정당성이 부여되기 때문이다. 뭐? 자본이 움직이다니, 뭐가 있긴 있나 보다.

대한민국에 비건 지향 인구가 대략 2백만 명이나 된다고 한다. 하지만 앞서 나열했듯 아직 개인이 완벽하게 비건 지향을 실천해 나가기에는 시스템적 어려움이 큰 것이 사실이다. 가치를 지향해 나가기 위해서 온전히 개인만이 노력해야 한다면 이건 확실히 문제가 있는 것 아닐까. 조금씩 인식이 바뀌고 있지만 훨씬 더 빠른 변화가 필요하다. 이 순간에도 동물은 인간에 의해 비윤리적 환경에서 사육되고 불필요하게 사용되다가 결국 잔인하게 도살되고 있다. 소비가 있어야 공급이 생기는 구조를 거꾸로 바꿔 볼 순 없을까. 허무맹랑하게 느껴질지 모르는 생각이 필요한 이유다.

모든 식당에 비건 메뉴가 하나씩이라도 있으면 좋겠다. 모든 마트에 비건 코너가 생겨서 익숙하게 받아들여지면 좋겠다. 대기업이 거대 자본을 투자해 콩고기를 만들고, 그 상품을 이용해 비건 패스트푸드 점포를 내주면 좋겠다. 자본의 논리에 들어맞지 않는 말이라는 것을 누구보다 잘 안다. 하지만 언제까지고 생명이 자본 밑에 깔려 있는 걸 보고만 있을 수는 없다.

그 과정에서 당연하게도 현상을 알기 위한 개인의 노력이 동반되어야 한다. 내가 논비건일 때 떠올렸던 채식하는 사람들의 모습은 핏기 없는 얼굴로 야채만 아삭아삭 씹어 먹는 이미지였다. 그러니 지금 논비건들이 나를 그렇게 바라볼지 모를 일이다. 생각해 보면 비건을 지향한다는 내가 고깃집에서 상추나 깻잎을 먹는 모습만 보았을 테니 그렇게 생각하는 것도 이상하지 않다.

그런 편견과는 달리 비건 음식은 굉장히 다양하다. 논비건 음식과 다를 바 없이 근사하게 만들어 낼 수 있다. 인식의 변화를 위해 비건 지향인들이 SNS에서 〈#나의_비거니즘_일기〉라는 해시태그 달기에 동참하고 있다. 비건 레시피를 담은 책이 심심찮게 출판되고, 근처에서 비건 식당을 찾을 수 있는 검색 앱들도 다양하게 출시되고 있다.

당연한 말이지만 사람은 관심이 생기면 보인다. 나는 평소에 사람들의 머리 색에 전혀 관심이 없었다. 염색을 취미로 하는 사람이나 미용실에서 일하는 사람이 아니라면 대부분 그럴 것이다. 그랬던 내가 머리 색에 잠깐 관심이 생겼던 순간이 있다. 검은색 머리가 지겨워 밝은 갈색으로 염색을 했던 날이었다. 내 머리 색이 바뀌자 시선이 사람들의 머리로 향했고, 그날 거리는 염색한 사람들로 가득했다. 세상에 이렇게 다양한 색깔이 있었는지 처음 깨달은 사람처럼 머리 색만 들여다보았다.

그러니 조금만 더 관심을 가질 수 있었으면 좋겠다. 설령 자기 자신을 위해서라도 채식에 관심을 갖게 되는 계기가 개개인에게 생겨나면 좋겠다. 그렇게라도 시작되면 어떨까. 그게 더 빠른 방법이 아닐까. 그래서 조금이라도 육류 소비가 줄어든다면, 그것도 괜찮은 방법이지 않을까.

물론 비건을 지향하는 목적이 언제까지나 개인적인 영역에서 벗어나지 못한다면 지속 가능성은 떨어지게 될 것이다. 하지만 애초에 아무런 계기조차 생기지 않는다면 어떻게 해야 하는 걸까. 동물들을 기반에 깔고 수많은 산업이 유기적으로 연결되어 있는 상황에서 동물권에 대한 교육이 제대로 이루어질 수는 있을까. 감수성은 또 어떻게 길러 내야 하는 걸까.

미듬의 밥상

사람들은 자꾸 나에게 밥을 먹자고 한다. 그럼 나는 〈괜찮아요〉라고 한다. 그것이 〈오케이〉의 의미로 오해될 때가 있다. 상대가 〈비건 식당을 알아 놓았는데 거기서 식사하고 회의하실까요?〉라고 했는데 내가 〈괜찮아요〉라고 한 경우, 나는 〈식사 안 해도 괜찮습니다〉이고 상대는 〈아, 거기 좋아요〉의 의미로 받을 때다.

나는 밥을 잘 먹는데 잘 못 먹는다. 그러니까 두세 공기씩도 먹고 어디서는 세 공기 반도 먹었는데, 사람들하곤 못 먹는다. 스물한 살 때부터 사람들하고 밥 먹기가 힘들어졌다. 얼굴이 빨개지고 머리가 하얘졌다. 그때는 공황 장애라는 개념이 내게 없었다. 심리학을 전공하면서도 내가 우울증이면 우울증이지 공황 장애일 것이라곤 생각을 못 했다.

스무 살까지 나는 지금은 무슨 뜻인지도 잘 모르겠는 〈낭만〉이라는 것에 취해 있었다. 정치와 동떨어진 예술의 순수성, 프랑스 영화, 고전 영화, 「몽상가들」, 『무진기행』, 술 같은 것에 환장했다.

하나씩 들여다보자면, 지금은 정치가 삶과 동떨어질 수 없다고 생각한다. 삶도 예술과 동떨어질 수 없기에 친구의 친구처럼 정치는 예술과 동떨어질 수 없다. 여기서 정치란 〈야, 누구 뽑았어?〉 하면 〈쉿! 비밀 투표의 원리〉라고 말하는 것보다는 〈내가 어제 공연을 했는데 해촉 증명서를 쓰지 않으면 그 일회성 공연이 매달 소득으로 잡혀서 건강 보험료 폭탄을 맞게 될 것이다. 이 나라에서 소득을 측정해 보험료를 부과하는 방식은 프리랜서에게 적합하지 않기 때문이지〉라고 말하는 것이다.

그다음 프랑스 영화. 과연 한 국가를 장르로 소비하는 게 맞을까? 내가 싫어하는 프랑스 영화들을 생각하고, 전에 좋아했던 프랑스 영화에는 거의 다 백인만 나온 것도 생각한다. 다음으로 고전 영화. 좋은데, 고전이 동시대 영화보다 우월하다는 생각이 나쁘다. 그때 내게는 그 생각이 있었다. 촌스럽긴. 베르나르도 베르톨루치의 「몽상가들」. 이 영화는 〈뽕상가들〉이라고 불러도 된다. 고전에 대한 오마주들과 영화,

예술, 자유에 미친 젊고 아름다운 백인들이 나오는 영화. 근데 저 감독이 행한 짓*을 이제 안다. 『무진기행』의 남자 주인공에게 감정을 이입해 성매매하는 남자는 고독한 남자라고 생각했던 것, 지금은 냅다 버렸다. 가졌던 것을 후회한다. 술은 지금도 좋다. 근데 전만큼 의존하지 않고, 용맹하게 먹지 않는다.

왜 스무 살 때를 되짚었느냐면, 이런 낭만에 대한 로망이 스물한 살 때 팍 깨져 버렸기 때문이다. 나는 사랑이 모든 것을 구원하리라 믿었다. 정말 사랑하면 모든 것이 이루어질 거라고 생각했다. 바보, 멍청이. 적당히 믿었어야지.

이미 열한 살 때 사랑에 회의를 느낀 적이 있었다(자꾸 게임책처럼 인생에서 여기를 폈다가 저기를 폈다가 하는 거 같다). 토요일 학급 회의만 알던 때에 다른 한자의 회의를 느끼게 된 계기는 외할아버지의 죽음이었다(외할아버지라는 말이 싫지만 〈외〉를 떼버리면 다들 〈친〉으로 생각할 것 같다). 외할아버지는 투병을 오래, 엄마는 간병을 오래 했다. 외할아버지가 돌아가시면 외할아버지를 사랑하는 외할머니가, 외할머니를 사랑하는 엄마가, 엄마를 사랑하는 누가…… 이런 식으로 식구들이 싹 다 죽을 줄 알았다. 외할아버지만 돌아가셨다. 사람들은 울었고, 다른 일은 일어나지 않았다.

다시 스물한 살 페이지다. 스물한 살 때 나는 원치 않는 이별을 하고 나서 열한 살 때의 일이 없었던 것처럼 생생하게 아프고 슬펐다. 살아야 할 이유를 찾기가 어려웠고, 죽어야 할 것 같았다. 괴롭다는 이유로 사고를 치고 다녔고, 주변 사람들을 힘들게 했다. 사람들하고 밥 먹는 게 힘들어서 어딜 가든 술을 마시고 총알처럼 취했다.

비건 지향하면 사회생활이 힘들지 않아요? 가끔 사람들이 묻는다. 나는 그 문제는 덜한 편이다. 애초에 사람들하고 식사를 잘 못 하니까. 어쨌든 점점 나아져서 친구들하곤 술 없이도 잘 먹고, 촬영장에 가면 배고프니까 어떻게든 먹긴 한다. 전에는 그렇게 생각했다. 나는 직장인이 절대 못 될 거라고……. 점심시간에 다 같이 밝은 식당에서 밥 먹어야 하니까. 돈은 어떻게 벌어야 할까, 그런 생각을 했다. 지금도 여전히 직장인은 못 될 거라고 생각한다. 아무도 뽑아 주지 않을 테니까.

한동안 괜찮다가 최근에 다시 공황 증상이 나타났다. 전과는 다른 형태로 밥을 먹고 있거나 먹고 난 이후, 턱이 덜덜 떨리고 식은땀이 나고 정신을 차릴 수가 없었다. 저혈당인 줄 알고(그렇게 믿고 싶어서) 피 검사를 받았는데, 당뇨 문제는 전혀 아니라고 했다. 실제로 혈당 수치는 아주 멀쩡했다. 그

때 〈아, 이것은 공황이구나〉 하고 깨달았다. 증상이 몇 번 반복되었을 때 병원을 알아보았고, 병원 약을 받아 먹었고, 술을 줄였다.

이 얘기에는 딱히 결론이 없다. 그냥 나와 공황과 식사다. 내가 믿었던 것, 믿지 않게 된 것, 그리고 다른 마음으로 더 크게 믿는 것, 그런 믿음에 관한 이야기. 비건 지향도 믿으니까 하는 거다. 이러면 달라지리라는 믿음. 믿음의 밥상이네. 식전 기도를 드리지도 않으면서……. 오늘은 밥 먹기 전에 마음속으로 믿음을 발음해 봐야지. 미듬.

* 영화 「파리에서의 마지막 탱고」에서 배우의 사전 동의 없이 일방적으로 성폭행 장면을 찍었다.

목숨값

『한겨레』 칼럼에서 이런 글을 봤다.

> 죽인 동물을 먹지 않겠다는 선택은 죽어 있던 어떤 감각을 거짓말처럼 살아나게 했는데, 이를테면 이런 것이다. 곰의 쓸개는 인간의 권리가 아니다. 그것은 곰의 권리다.*

이 문장을 보는 순간 막연하게 느꼈던 감정이 언어로서 명확해졌다. 무언가를 지속 가능하게 만드는 것은 홍은전 작가의 말처럼 〈어떤 감각〉이 아닐까. 내가 느낀 어떤 감각을 자의적으로 해석하면 이렇다.

선생님이 아이들에게 묻는다.

「오늘 고기 먹고 온 친구들 손 들어 보세요.」

아이들은 너도나도 번쩍번쩍 손을 든다. 선생님이 다시

묻는다.

「오늘 동물 먹고 온 친구들 있나요?」

앞서 손을 들었던 아이들이 웃으며 말한다.

「에이, 동물을 어떻게 먹어요.」

편리와 이윤을 위한 착취가 하루라도 빨리 중단되어야 하는 이유는 아주 간단하다. 모든 생명은 귀중하기 때문이다. 존재 자체로 존중받음이 마땅하기 때문이다. 하지만 쉽게 죽지 않는 우리는 그 사실을 너무 쉽게 망각한다. 공기의 존재를 잊고 살듯이 살아 있음을 잊고 산다. 매일 생명을 먹기에 그것이 생명이었음을 인지하지 못한다.

나 역시 그랬다. 애초에 내가 대단한 사람이어서 비건을 지향할 수 있게 되었나? 아니다. 나는 비윤리적인 동물 착취의 과정을 사실상 소비했다. 죽어 가는 동물이 불쌍하다고 생각하며 뒤돌아 잊었다. 동물을 먹지는 않았지만 그뿐이었다. 다른 방식의 착취, 예를 들면 동물 실험을 하는 화장품을 쓰는 것에 무감각했고, 동물을 착취해 만들어 내는 의류에 무감각했다. 좁은 케이지에 갇혀 실명할 때까지 속눈썹에 마스카라를 발리는 토끼를 보면 숨이 막혔지만 다음 날 잊었다. 심지어 비건을 지향하고 나서도 한동안 그랬다.

나는 어느 날 느닷없이 생겨 버린 알레르기 때문에 채식을 시작했다. 그런 계기가 없었다면 장담컨대 그 무엇도 의심하지 못하며 살았을 것이다. 내가 비거니즘을 지향하게 되는 과정은 페미니즘을 알게 되는 과정과 유사한 방식으로 확장되었다. 보이지 않고 들리지 않던 것들이 비건을 지향하고 난 후 점점 보이고 들리게 되었다. 무심히 지나치던 것들을 의심할 수 있게 되었고, 뿌옇던 시야가 또렷해졌다. 무엇을 놓치고 있었는지, 무엇을 해야 하고 무엇을 하면 안 되는지, 시간이 지날수록 점점 더 정리되어 갔다. 그러면서 연결 고리가 생겨났다.

비건을 지향하게 되고 몇 달 뒤, 오며 가며 매일같이 보던 정육점이 낯설게 느껴졌다. 동물이 생명으로 느껴지는 순간이었다. 이미 목숨이 끊긴 생명체가 생명으로 느껴진다는 말은 곰곰이 생각해 보면 끔찍하다. 살아 있었다는 거니까. 어쩌면 살아 있었던 존재임을 인식한다는 것은 그의 죽음까지도 느낄 수 있다는 말과 같다. 우리는 동물의 살아 있음에도, 죽음에도 끔찍하리만치 무관심하다는 것을 깨달았다. 생명임을 감각하는 일은 내가 믿어 왔던 세상을 부정하는 일이 될지 모른다. 하지만 그 순간은 꼭 필요하다. 부정의 감각은 비로소 그간 편안하게 누리고 있던 생활 기반에 대한 의심으로 이어지게 될 것이다.

앞서 식생활 위주로 이야기했지만 비거니즘은 동물을 착취해서 만들어지는 모든 제품과 서비스를 거부하는 삶의 방식이다. 가죽이나 동물 털로 만들어지는 제품, 식물성이라 하더라도 동물을 착취해 얻어 내는 식자재, 동물 실험을 하는 담배나 화장품, 생활용품 들을 말한다. 더 나아가 인위적으로 자연을 파괴하여 얻어 내는 것의 소비를 지양한다. 비건을 지향한다고 함은 단순히 식생활만 바꾸는 것이 아니라 내 생활 전반을 점검하고 의심하는 일이다. 물론 지키지 못하는 것들이 많다. 인간인 나는 비인간 동물을 착취하지 않으면 살 수 없는 아이러니함 속에서 살아간다. 하지만 분명히 알게 되는 것이 있다. 죽기 위해 태어나는 존재는 어디에도 없다.

그래서 알레르기는 사라졌을까? 슬프게도 사라지지 않았다. 심지어 비염까지 생겨 환절기가 되면 콧물이 나고 재채기가 난다. 얼마 전 혹시나 하는 마음에 병원에 가서 검사를 받았지만, 몇 년 전과 똑같이 고양이 알레르기가 심각한 상태라고 했다. 하지만 지금은 약을 먹지 않고도 아이들과 한 침대에서 잔다. 몇 년 전과 똑같은 모습으로 일상을 공유한다.

그사이에 땅이라는 고양이가 셋째로 합류했고, 솜사라

는 길고양이와 그의 아기 넷이 잠시 들렀다. 아가들은 수유를 마치고 좋은 곳으로 입양을 갔다. 숨사는 작년까지 머물 예정이었으나 조금 더 길어질 듯하다. 알레르기는 사라지지 않았는데 도대체 어떻게 된 일일까. 가끔 그것이 궁금하다. 내가 꿈을 꾼 걸까, 엄살이었나. 이제 아무래도 상관없다. 그저 그 순간이 긴 꿈이었다면 그래, 내가 할 일은 얼른 깨어나서 하루라도 빨리 동물을 끊어야만 하겠다. 아무런 조건 없이 누릴 수 있는 편안함은 없다. 나의 편안함은 동물의 목숨이었다.

* 홍은전, 「그들의 쓸개」, 『한겨레』, 2020년 4월 13일 자.

착해

승은

〈착하다〉라고 하면 전래 동화 속 콩쥐가 떠오른다(어떻게 인물 이름을 콩쥐로 지었을까 싶다). 콩쥐는 깨진 독을 가득 채워야 한다. 물을 아무리 부어도 줄줄 새는데 콩쥐는 성질 한번 부리지 않는다. 두꺼비가 와서(이 두꺼비도 착한 두꺼비다) 독의 깨진 부분에 자신의 등을 착 갖다 대준다. 물이 차오르기 시작한다.

착하다는 말을 자주 듣고 살진 않았다. 다만 어이없는 타이밍에 들은 순간들이 떠오른다. 첫 번째는 대학원에서 만난 교수님이었다. 처음으로 면담을 하는 자리였다. 나와 다른 학우와 교수님, 셋이서 이야기를 나누었다. 나는 한마디도 안 했는데 교수님이 갑자기 나보고 말했다.

「넌 착해.」

엥, 뭐라고요? 어이가 없어서 웃음이 나오려는데 참았

다. 교수님은 나에게 작은 서점을 운영하는 선배를 찾아가서 그가 시키는 대로 반복되는 일을 하라고 했다. 아니, 저는 연출을 배우러 영화과에 온 건데요? 그리고 나에 대해서 뭘 안다고 그렇게 말하지? 그냥 넘겨짚는 걸 넘어서서 뭔가를 상상하며 말하는 교수님의 모습이 순진무구해 보이기까지 했다. 술 먹고 친구들의 부추김에 못 이겨 들어간 타로 카드 집에서처럼 〈아, 네, 그렇군요〉 싶었다. 그때 옆에서 학우가 반박하듯 말했다.

「승은이 홍대에서 노래하는데요?」

뭐야, 홍대에서 노래하는 건 나쁜 건가.

그 말을 들은 교수님은 우리를 자기 사무실로 데려갔다. 거기에는 기타가 있었고, 나는 내 노래 두 곡을 연주하고 나왔다. 내 나쁨을 증명하는 노래를 부르려 했는데, 나도 참 치사한 인간이어서 그런 노래는 없었다.

「평생 그거 하고 살아. 행복해 보인다.」

타로 카드 아저씨가 힌트 카드를 보고는 또 아무렇게나 말했다. 나오면서 생각했지. 재방문 의사 없음.

〈넌 착해〉 에피소드는 술자리에서 종종 꺼내 먹는 김부각이 되었고, 눅눅해질 때쯤 새로운 〈착해〉가 찾아왔다. 일하러 간 단체에서 어쩌다가 내가 비건을 지향하고 있다는 이야기를 하게 되었다. 단체 대표가 그랬다. 본인도 하고 싶은데 삼겹살을 너무 좋아한다고. 그러면서 덧붙인 말이 그거였다.

「착해.」

제가 비건이라서 착한 건가요, 아니면 착해서 비건인 건가요? 당신은 나빠서 논비건인가요? 고기 먹는 당신이 잔인하다고 하면, 저는 나쁜 존재가 되나요?

그 사람의 〈착해〉는 그저 나에게 말하는 것과는 조금 달랐다. 그는 그 자리에 있던 사람들을 보면서 내가 착하다고 말했다. 나의 〈착함〉은 공표되었다.

착하다는 말을 들으면 말문이 막힌다. 〈아닌데?〉라고 하면 어째 센 척하는 사람, 위악에 심취한 사람이 되는 것 같다. 착한 것 좋지. 선한 것 귀하지. 근데 어떤 가치관을 지향하는 운동을 그냥 고운 마음씨에서 비롯된 행위로 치부하는 것은 또 다른 코르셋이 된다. 착하니까 착하게 행동해야 한다. 비건도 착하게, 그저 습관처럼 육식하는 사람들에게 절대 요만큼도 강요하면 안 된다. 눈치껏 고깃집에 따라가서 상추만 뜯어 먹을 것. 페미니즘 또한 그러하다. 조용히 성차별 문화를 빨래하되 강물이 흔들리지 않게 할 것. 성 소수자 관련 기사에도 항상 비슷한 악플이 달린다. 존중은 하는데 눈에 보이지 말라는 식이다. 세상은 착한 장애인만을 원한다는 당사자의 인터뷰를 본 적도 있다. 아이고, 어쩌라는 건지.

물론 비거니즘 운동은 인간이 하는 비당사자 운동이기 때문에 다른 것들과 완전히 결이 같다고 볼 수는 없다. 하지만 동물권 활동가들에게도 데시벨 낮추라는 시끄러운 목소리는 존재한다. 신념을 마음씨로, 성품으로, 개인적인 것으로 축소시켜 버리는 순간, 난 콩쥐가 된다. 두꺼비가, 왕자가, 다른 누군가가 나서서 〈구원〉해 주기 전까지는 저고리로 훅훅 눈물을 닦아야 한다. 이것은 구원이 아니라 연대가 필요한 일이다.

나는 종종 그들이 말하는 착한 사람이 된다. 사실 그편이 편하고 에너지가 덜 들기에 비겁하게 착해지곤 한다. 불편한 이야기가 나오면 스리슬쩍 넘어가고, 상대방의 눈치를 살살 봐가면서 단어를 골라 쓴다. 그들이 원하는 대로 말하면 대화는 쉽게 종결된다. 〈비건이랑 착한 거랑 무슨 상관인데요?〉 하지 않아서 대화는 다음 주제로 넘어갔고, 〈여자도 범죄 저지르잖아요〉라는 말에 〈네, 그러기도 하죠〉 해서 내 목구멍에 피날 일을 예방했다. 불편한 존재가 되고 싶지 않은 치사한 마음이 기울어진 세상을 유지시킨다는 것을 알면서도 이 자리에서보다 다른 자리에서 다른 방식으로 실천하자는 식으로 유예하게 된다. 뱉어야 했던 말들이 얹힌 것처럼 가슴께에 박혀 이따금씩 헛구역질을 한다. 이 책에 실린 글들은 몇몇 유예의 종착역이다.

앞서 말한 〈착해〉 에피소드들을 들여다보면 면면이 다르지만 말한 사람들의 마음 한구석은 닮았다. 별로 알고 싶지 않은 마음. 내가 아는 것에서 판단하고 내 머릿속에서 답 내리는 것은 얼마나 편한가. 친구들과 함께 비건을 지향하고 있다고 하니 너희 전부 착하다고 한 그 사람도 같은 마음이었을 것이다. 매운 비건 음식을 한입 먹더니 〈비건들은 다 맵게 먹더라〉라고 한 그 사람도. 아, 그 사람이 그 사람이구나.

나도 모르게 머릿속에서 쿠키 틀을 꺼내 사람을 끼워 맞추려고 할 때가 있다. 저 사람은 저걸 좋아하니까 나랑 비슷하겠지? 저 사람은 어떤 걸 지향하니까 나를 더 이해해 주겠지? 다른 사람들이 나를 그렇게 보지 않았으면 하면서, 왜 나는 그러지 못할까. 상처를 받을까 봐 겁나서 그런 걸까, 아니면 게을러터져서 그런 걸까. 쿠키 틀을 의식적으로 쳐내야 한다. 〈콩쥐는 비건인가?〉 하고 생각하면서…….

별개로 착한 사람이 되고 싶다. 비건 페미니스트 콩쥐가 되고 싶다.

콩은 내게 다정하게 군다

수현

비건을 지향하기로 마음먹고서 얼마 되지 않았을 땐 밥을 먹어도 늘 배가 고팠다. 동물을 빼고선 어떻게 먹어야 하는 건지 잘 몰라서 그랬다. 신승은은 그 시기를 가리켜 〈히딩크 비건〉*이라 했고, 나는 고픈 배를 움켜쥐고 웃었다. 그러니까 그 당시에 아쉬운 음식이 없었다면 그건 거짓말일 것이다. 이미 오랫동안 먹어 왔던 음식을 단번에 끊어 내는 일이 가능했다면 수많은 대체 음식은 발명되지 않았을 테니까.

너 나 할 것 없이 발명가가 되었다. 너무 좋아해서 끊어 낼 수 없을 것 같은 마음을 조금만 돌려 보면 사고 회로를 넓히는 일로 발전한다. 곰곰이 생각해 보자. 사실 맛은 간장과 고춧가루, 조미료와 양념장이 8할을 담당한다. 나머지가 재료의 맛이라 하면 2할 정도야 누군가의 목숨을 위해 없는 셈쳐도 되지 않나. 숫자가 바뀌어도 그래야 하는 마당이다.

오늘은 콩가스를 만들 것이다. 우선 찍어 먹을 소스를 검색한다. 귀찮으면 마트에 가서 성분표를 꼼꼼히 확인한 뒤 기꺼이 비용을 지불한다. 식감은 어땠더라. 까끌까끌한 표면에 그렇지 않은 속마음. 맞아, 가스는 츤데레**였지.

재료는 두부다. 콩에서 진화한 모양새다. 축축한 두부를 으깨고 물기를 짜낸 뒤 부침 가루를 섞는다. 소금과 후추로 간을 하고 동그랗게 모양을 낸다. 그 상태로 튀김 가루에 데구루루 굴려 본다. 뽀얗게 들뜬 얼굴 같다. 그 위로 사정없이 뿌려지는 거슬거슬한 빵가루가 야속할지 몰라도 180도로 끓는 기름에 퐁당 담그고 나면 함부로 건들 수 없는 모습으로 진화한다. 너…… 두부 맞아? 기름 탓일까. 거친 가스가 된 두부는 껄렁하지만 어딘가 다정한 투로 대답한다. 뭐, 왜. 날 먹든지 말든지.

츤데레의 대전제는 깊숙한 곳에 숨어 있는 다정함이다. 까칠한데 다정한 사람. 그러니까 평소에 배려 없이 못돼 먹은 말을 뱉는 사람을 겉만 보고 츤데레라고 할 수는 없다. 〈야!〉 하고 부른 뒤에 사탕을 꺼내지 않는다면, 그 사람은 그냥 사람을 〈야!〉라고 부르는 사람인 것이다. 그렇다고 해서 누군가가 나를 무턱대고 〈야!〉라고 부르는 건 싫은데……. 그래서 나는 존데레의 정의를 내 멋대로 결론지어 본다. 함부로 대한 것의 보상으로 사탕을 주는 것이 아니라 사탕을 건네주기 위해 애써서 노력하는 지점이 있는 사람. 이 지점을 잘 가려내지 않으면 그저 배려 없는 사람들에게 면죄부를 주는 꼴이 될지도 모른다. 이건 정말 헷갈리는 부분이다.

그래서 관계에는 시간이 필요하다. 고유의 다정함을 발견하기 위해서는 무언가를 꺼내려 준비하는 상대방을 기다리는 시간이 있어야 한다. 그러니 반드시 선행되어야 하는 것은 함부로 판단하거나 결론짓지 않는 마음가짐이 된다. 이를테면 타인과 눈을 못 마주치는 사람이 눈을 잘 마주치는 사람에게 사탕을 건넬 때, 그 방식은 서로에게 익숙하지 않다. 그러니 처음엔 지옥일지 몰라도 시간이 지나고 신뢰가 생긴 후에는 비로소 존데레가 되는 것이다.

그렇게 따져 보니 관계의 시작은 지옥과 비슷하다. 나는 나와 비슷한 사람을 진심으로 선호한다. 비슷한 방식으로 말하고 표현하는 사람에게 안정감을 느낀다. 근데 그런 사람이 도대체 어디 있어? 나랑 비슷한 사람이 얼마나 된다고. 그런 사람을 선호한다고 말하는 것 자체가 오만이 되어 버리는 순간이다. 인간은 저마다 각자의 방식을 지니고 있음이 당연하니까. 그런 방식들이 모여 관계를 이루게 되니까. 그러니 무

례함에서 나오는 태도를 제외하면, 낯선 타인은 알기 전엔 지옥일지 몰라도 알고 나면 모두가 츤데레다.

그래서 하는 말인데, 콩은 내게 다정하게 군다. 동그랗고 까매서 경쾌하게 잘 굴러가고 어딜 만져도 따갑지 않다. 나는 콩을 한 움큼 집어 들어 통에 넣을 때 나는 소리와 이리저리 휘저을 때 그 촉감을 좋아한다. 쌀과 함께 물에 씻을 때면 손안에서 이리저리 굴러다니는 모양새가 귀엽게 느껴진다.

그 단단하고 조그만 동그라미는 뭉쳐 있을 때 새로운 진가를 발휘하기도 한다. 어디 하나 모난 데 없는 콩들이 천에 싸여 한 덩어리가 되면 커다란 핫 팩으로 재탄생한다. 이대로 전자레인지에 3분가량 돌리면 콩 주머니에서는 가본 적 없는 옛집의 냄새가 난다. 따뜻한 아랫목이 떠오른다. 콩으로 메주를 만들던 시절, 할머니는 콩으로 네모를 만들었다. 콩은 어쩌면 추억일까?

하지만 콩이 콩밥의 형태가 되면 그때부턴 얘기가 조금 달라진다. 뜨거운 물에 불어 터져서 몽땅 익어 버린 콩은 껍질이 조금 찢겨 있고, 느낌상 아까보다 덜 동그란 기분이다. 왠지 놀기 싫어……. 찐득하고 미끌미끌한 것이 전혀 안 귀엽다. 시간을 두고선 콩밥을 바라본다. 그래, 영양소를 가득 품은 너는 사실 다정하지. 낯선 콩밥은 내겐 아직 지옥이지만, 조금만 더 친해지면 츤데레가 될 것이다.

* 2002년 한일 월드컵 당시 거스 히딩크 감독은 〈나는 아직 배가 고프다I am still hungry〉라는 말을 남겼다.

** 츤데레가 일본 말이라는데 대체할 단어를 찾지 못해 쓴다.

우연한 만남

노래를 만들고 부르는 것은 내가 하는 일 중 하나다. 일이니만큼 자연스레 생계와 관련이 있고, 그렇다 보니 머릿속에서 밀어내려고 해도 내 일이 숫자로 보일 때가 있다. 음원 수익으로, 앨범 판매량으로, 공연 관객 수로……. 잔인하다는 것을 알고 있다. 한 사람, 한 사람을 그저 1로 치환해 버리는 행위니까. 게다가 성범죄자들이 음원 차트를 자기네 집 뒷산인 양 오르락내리락하는 마당에 숫자가 무슨 의미가 있겠는가! 하지만 다음 일을 계획할 때, 메뉴판 앞에 섰을 때, 장을 볼 때, 찬물로 설거지를 하며 〈손이 시리니 이 그릇까지만 하자〉 할 때 나는 숫자에 연연하게 된다.

자본이라는 바람 앞의 등불이 된 날에는 사람들의 얼굴이 미치도록 보고 싶다. 하나둘 떠올리기도 한다. 떠올리고 떠올려도 〈1, 2, 3, 4가 6, 7, 8, 9였다면 어땠을까〉 하는 생각이 자꾸만 나를 치받을 때, 그 치졸한 잡념들을 한 방에 쓸어 버리는 묘약이 있다. 바로 〈우연한 만남〉이다. 내 음악을 듣고 있는 사람을 우연히 만나는 묘약. 그 처방은 〈누군가는 늘 듣고 계신다. 그 마음을 작게 보지 마라. 숫자로 너 자신을 평가하지 마라. 네 할 일 해라〉 등등 건강한 생각으로 이어진다. 몇 년 사이 감사하게도 그 우연이 확연히 늘었다. 여기서 내 진귀한 우연의 장소들을 소개하려 한다.

첫 번째로 식당이다. 그냥 식당은 아니고 비건 식당이다(비건 식당이 그냥 식당이면 좋겠다). 전 메뉴가 비건식인 식당이나 비건 옵션이 있는 식당에서 종종 그분들을 뵈었다. 공연장에서 몇 번 마주쳤던 관객분이라면 반가움에 내가 먼저 달려가 인사를 한다. 반가움이 배가되는 경우는 주문한 음식이 맛있을 때다. 여기 정말 맛있지 않아요? 이보다 더 달콤한 스몰 토크가 있을까.

창원에 공연하러 갔을 때, 전부터 벼르고 벼르던 비건 식당 〈씨드〉에 드디어 가볼 수 있었다. 저렴한 가격과 훌륭한 맛에 놀라고 있을 때, 전에 공연하다가 알게 된 서울 지역 여성 단체 활동가분들을 만났다. 반가워서 폴짝댔고, 얼마 뒤 서울의 팝업 식당 〈하루비건〉을 방문했을 때 그분들 중 한 분의 옆 테이블에 앉게 되었다. 이번에는 조금 머쓱하기도 해서 폴짝대지 않고 비건 피자에 집중했다. 나가면서 〈정말 맛있지 않아요?〉라고 설렘 담아 말했다. 비건 식당을 방문하면 아는 분을 꼭 만나게 된다. 인사는 매번 똑같다. 정말 맛있지 않아요?

두 번째로 술집이다. SNS에 올라오는 비건식 사진에는 대체로 술이 같이 놓여 있다. 망원동에 있는 〈포인트 프레드릭〉은 비건 옵션이 빵빵한 술집이다. 무엇보다 퀴어프렌들리 queer-friendly한 공간으로 유명하다. 테이블에 앉아 친구들과 페미니즘, 비거니즘에 관한 이야기를 편히 할 수 있다.

오픈된 공간에서 간첩이라도 된 것처럼 〈페미니즘〉이라는 단어가 새어 나가지 않도록 소리 죽여 대화해 본 경험이 많다. 옆자리 사람이, 가게 직원이 쑥덕대고 위협하는 것이 싫어서 그랬다. 한번은 술집에서 페미니즘에 관한 이야기를 하는데 옆자리의 남성들이 시비를 건 적이 있다. 우리 일행은 최대한 자연스럽게 그 술집을 나왔고, 그럴 수밖에 없는 것이 너무 분했다. 이수역 폭행 사건 직후여서 더 겁이 났다. 다른 테이블에 방해가 될 만큼 목소리를 높인 친구는 아무도 없었다. 안전한 공간이 너무 간절했다.

포인트 프레드릭에서는 안정감이 든다. 정확히 왜인지는 모르겠다. 그 안정감을 나만 느끼는 것이 아닌지 친구들도 좋아하고 관객분들도 자주 뵈었다. 한번은 친구와 포인트 프레드릭에서 술을 마시는데 옆 테이블에 앉은 분이 인사를 해 주셨다. 낯이 익어서 기억을 더듬어 보니 창원에서 공연할 때 뵈었던 분이었다. 내 공연을 보러 전주에서 창원까지 오셨다고 했던 기억이 나고 보니, 서울에 있는 술집에서 만나게 된 것이 더더욱 신기했다. 서울에 놀러 왔는데 퀴어프렌들리 술집을 찾다가 여기로 오게 되었다고 전해 주셨다. 반가움에 나는 테킬라를 한 잔 드렸고, 그날도 많이 취했다. 그분은 전주가 아닌 군산에서 비건 옵션이 있는 분식집을 운영하신다고 했다.

포인트 프레드릭에는 비건 술이 잔뜩 있다. 에이, 맥주나 와인은 다 비건 아닌가요? 나도 처음엔 그런 줄로만 알았다. 근데 부유물을 거르는 과정에 생선 부레가 사용될 줄이야. 부레라면 공기 주머니? 단지 침전물을 거르기 위하여 바닷물이 아닌 술 위에 둥둥 떠 있게 된 누군가의 공기 주머니를 떠올리면 내 숨이 차오른다. 캔 맥주는 양조장에 따라서 비건, 논비건이 나뉜다. 이는 성분표에도 나오지 않아서 인터넷 검색을 활용하는 것이 최선이다. 막걸리에는 종종 소젖이

들어가니 꼭 확인해 보아야 한다. 포인트 프레드릭에서는 무슨 술이든 안심하고 마실 수 있다.

우연한 만남이 스무 번 넘게 계속된 분도 있다. 공연을 마치고 뒤풀이를 하러 갔을 때 그 공연에 오셨던 관객분과 또다시 만난 적도 있다. 안전함을 원하는 사람들이 모여서 안전한 공간이 되는 것일까, 아니면 공간이 가진 힘일까.

선을 뺀 우리

나는 공연을 하면서 사회 문제에 관심을 갖게 되었다. 너무 늦게 시작했고, 그만큼 꾸준한 죄책감이 밀려온다. 처음에는 〈콜트콜텍〉 해고 노동자와 함께하는 자리였다. 그 이후에는 건물주의 횡포로 쫓겨날 위기에 처한 연희동 카페 〈분더바〉와 이태원 〈테이크아웃드로잉〉, 재개발로 사라진 〈서대문 형무소 옥바라지 여관 골목〉 등 주로 밀려난 사람들과 밀려난 공간들을 지키는 곳에 가게 되었다.

하루는 연대 공연을 했던 옥바라지 여관 골목에서 일어나는 일이 SNS를 통해 아침 일찍 급하게 라이브로 중계된 적이 있다. 실시간으로 재생되는 영상 속에서 용역인지 공무원인지 모를 시커먼 사람들이 그곳을 지키는 활동가들을 밀어내고 있었다. 상황은 종료될 듯하다가 다시 이어지고 또다시 소강되는 것 같다가 심각해졌다. 지금 당장 달려가야 하는 걸까. 갔을 때 상황이 종료되어 있으면 괜히 방해만 되려나. 나는 울면서 옷을 차려입었다 벗었다 했다. 그러다 낮이 되었고, 내가 너무 싫었다.

2014년 〈#예술계_내_성폭력〉이라는 해시태그 운동을 통해 페미니즘을 접하게 되었을 때, 죄책감과 해방감이 동시에 들었다. 여성 혐오에 일조했다는 죄책감과 〈여성스러움〉이라는 단어가 펑 하고 사라지는 해방감이 교차했다.

나는 평생 어느 정도의 〈여성성〉이라는 것을 실천하기 위해 부단히 노력해 왔다. 낮은 목소리 때문에 사람들은 종종 나를 특이한 사람 취급했고, 그것이 싫어 그렇게 보이지 않을 정도의 〈여성성〉을 갖추려 애썼다. 〈아, 그냥 나면 되는구나〉 하는 생각이 드니 삶에서 큰 숙제 하나가 사라진 기분이었다. 물론 아직도 완전히 사라진지는 모르겠다. 이런 말을 하면 사람들이 안 믿지만, 습관적으로 목소리 톤을 높이곤 한다.

2016년, 처음으로 여성 운동과 관련된 공연 섭외를 받았을 때 나는 뛸 듯이 기쁘면서도 〈캡틴 마블〉이 된 양 막중한 책임감을 느꼈다. 어떤 공연에 가서는 말을 거의 못 했고(심지어 토크 쇼였다), 또 어떤 공연에서는 너무 흥분해서 눈 오는 겨울날에 맨발로 공연했다. 내가 답답했고, 발이 간지러웠다.

같은 해 5월, 강남역 여성 혐오 살인 사건이 있었다. 모든 것이 무섭고 걱정되었다. 동네에 여성 사장님 혼자 운영하는 단골 찻집이 있었는데, 그분이 걱정되어 몸이 달달 떨렸다. 친구가 화장실에 가면 문 앞까지 따라가서 기다렸다. 내가 화장실에 갔다 나오면 문 앞에 친구가 있었다.

그 사건을 계기로 열린 여성 혐오 반대 집회에서 공연 섭외가 왔다. 거절했다. 무서웠다. 별 상상이 다 들었다. 그리고 며칠 뒤 집으로 오는 마을버스 안에서 집회 포스터가 인터넷에 올라온 것을 보았다. 공연자는 내가 정말 좋아하는 뮤지션 이랑 님이었다. 마을버스에서 내려 집으로 오던 내리막길이 아직도 생생하다. 〈난 누군가의 용기에 빚을 지며 살아가고 있다〉라는 말만 계속 떠올랐다.

그 후로 섭외 연락이 온 연대 공연은 일정이 맞으면 모두 참여했다. 2018년 4월 〈성차별·성폭력 끝장 집회〉에서 공연할 때, 친구들과 자원 활동가로 참여해 행진의 기수를 맡았다. 우연히 중학교 동창과 마주쳤다. 우리는 함께 분노했다. 가을에는 〈안희정 유죄〉를 외쳤다. 겨울 집회에는 공연자로 다시 참여하게 되었다. 공연 리허설을 하는데, 지나가던 분들이 우리에게 이유도 없이 소리치며 화를 냈다. 무섭다기보다는 뭐라고 해야 할까, 유튜브로 보는 불꽃놀이처럼 〈아, 터지는구나〉 하는 느낌이었다. 집회가 끝나고 공연장에서 만났던 분을 우연히 만났다. 우리는 피켓을 든 채 포옹을 나누었다.

연대 공연의 세트리스트Setlist를 정하는 일은 늘 어렵다. 하지만 고민에 비해 결과는 대체로 비슷하다. 그중 하나는 「당신은……」이라는 곡이다. 〈당신은 성차별주의자, 당신은 성차별주의자〉 하는 밝은 톤의 후렴구를 가진 노래다. 그래서 공교롭게도 구글에 내 이름의 연관 검색어로 〈신승은 성차별주의자〉가 뜬다.

이 노래를 처음 사람들 앞에서 부른 날이 생생하다. 낙성대에 위치한 〈사운드마인드〉에서 한 공연이었다. 원래 세트리스트에 없었는데 그냥 갑자기 〈제가 최근에 만든 노래인데요〉 하면서 조심스레 불렀다. 〈누군가는 싫어하겠지. 하지만 어쩔 수 없다〉라는 마음으로. 솔직히 긴장됐는데 감사하게도 많은 분이 환호해 주셨다. 누군가는 싫어했겠지. 뭐 어쩔 수 없다. 이상하게도 이 마음 이후로 〈우연한 만남〉이 더 자주 생기는 것 같다.

2020년, 시민 자치로 운영되던 경의선 공유지가 결국 개발로 내몰리게 되었다. 공유지에 자리 잡았던 〈아현포차〉의 이주 기금 마련과 마지막 인사를 위한 공연에 참여했다.

그곳에서 오랜만에 정말 많은 분을 만났다. 〈여기 다 계셨어요?〉 싶었다. 연대 공연에서, 집회에서 우리는 만나게 되었다. 많고 잦지는 않았지만 계속해서 만났다. 공연장에서 만났던 분을 술집에서 만났다. 술집에서 만났던 분을 식당에서 만났고, 식당에서 만났던 분을 집회에서 만났다. 친구들도 다 거기 있었다. 자꾸만 마주쳐서 친구가 될 때도 있었고, 이미 친구인 상태로 자꾸 마주치기도 했다. 어떤 날은 극장이었고, 어떤 날은 길이었다. 가끔은 생각한다. 우리가 너무 적고 우리가 갈 곳이, 있을 곳이 너무 적어서 그런가.

〈우리〉라는 말을 좋아하지만 싫어한다. 우리라는 말을 뱉는 순간, 누군가와 선을 긋는 것 같다. 〈선을 뺀 우리〉라는 말이 존재하면 좋겠다. 나도 끝없이 거기에 가고 싶다. 우리가 없으면 불안하고 무서워 미칠지도 모른다. 내가 여기 있고 누군가도 여기 있다는 것을 확인하고 싶을 때가 많다. 길가에 성범죄자의 노래가 울려 퍼질 때, 여성들의 분노에 꿈쩍도 안 하는 재판 결과를 볼 때, 그 소식을 알리는 기사에 달린 갑갑한 댓글을 볼 때, 거기에 달린 추천 수를 볼 때…….

그래, 다 숫자가 문제다. 다시 원점으로 돌아가서 숫자를 잊게 하는 묘약, 우리가 함께 있다는 확신을 주는 우연한 만남이 간절해진다. 꼭 오프라인 만남일 필요는 없다. 어떻게 해서든 우리는 만난다. 부른다. 〈우리 만남은 우연이 아니야〉. 다음 구절은 〈그것은 우리의 바람이었어〉.

Playlist

당신은……

신승은

지금 이 노래가 혹시나 불편한가요

그건 내 문제 아니라 네 문제

1그램의 권력만 생겨도 어떻게 휘두를까 고민을 했죠

그런 인간이 있다던데

입과 항문이 같다는

당신은 성차별주의자

당신은 성차별주의자

기울어진 운동장 구령대 위에서 이퀄리즘을 외치는

성차별주의자

당신은 성차별주의자

혹시 아직도 모르고 있나요

0:58 1:35

AI

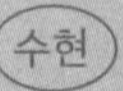

나는 라디오로 뉴스를 듣는다. 집에 텔레비전을 두면 한없이 그것만 볼 것 같아서 아예 두질 않았다. 주로 라디오로 세상사를 접한다. 그날도 여느 때와 다름없이 사부작거리며 할 일을 하고 있었고, 라디오에서는 아나운서의 목소리가 흘러나왔다.

매년 그랬듯 올해도 농장에 조류 인플루엔자AI가 창궐했다고 했다. 어김없이 몇천 명의 오리가 땅에 묻혔다 했다. 너무 무심해서, 무덤덤한 목소리가 자연스러워서 〈그랬구나〉 할 뻔했다. 소름이 끼쳤다. 평생을 숫자로 세어지는 생명이라니……. 어쩌면 세어지고 세어진 숫자를 무감각하게 접수하는 우리가 인공 지능AI인가. 그렇게 끝인 건가. 살아 있는 숫자들이 구덩이에 던져지고, 숫자는 악을 쓰며 발버둥을 친다. 그 위에 만들어지는 흙더미. 점점 고요해지는 무덤. 그날 밤

뉴스에서는 말한다. 바이러스가 발생했습니다. 땅에 묻힌 숫자만큼 경제적 타격을 입은 농장 상황을 주시하고 대비하십시오. 진짜 끝.

느끼고 싶지 않은 분노가 있다. 이상한 말이다. 분노는 원래 느끼고 싶지 않은 감정이 맞겠지만, 유독 온몸이 배배 꼬이다 못해 찢어질 것 같은 분노가 있다. 처음부터 잘못된 사회 구조 안에서 무참한 죽음과 정면으로 마주할 때가 그러하다. 그래서 그런가. 가끔은 뉴스를 듣는 것이, 책을 펼치는 일이, 누군가가 처한 상황을 인지하는 순간이 무서울 때가 있다. 그래도 시선을 옮긴다. 바라본다. 어떤 사실은 아주 깊숙하게 숨겨져 있어서, 그래야만 알게 되는 것들이 있다.

유기 동물 보호소에는 버려진 개들이 가득하다. 고양이들은 아무리 아파도 필사적으로 도망치다가 죽기 직전에 잡힌다. 우여곡절 끝에 보호소에 들어온 아이들은 가족을 못 만나서 죽거나 병을 이기지 못하고 죽어 버린다. 명절이나 휴가철, 꼭 무슨 날이 아니더라도 어느 날 문득 버려진 아이. 아파서, 늙어서, 짖어서, 대소변을 못 가려서, 어쨌든 〈그냥〉 길로 내몰린 아이들. 보호소 홈페이지나 유기 동물 관련 앱을 들여다보면 그 숫자에 짓눌려 숨이 막히고 만다. 왜 이렇게 갈 곳

없는 아이들이 많은 거지?

인간은 비인간 동물을 먹거나 죽이는 방식 외에는 도무지 어떻게 대해야 하는지 모른다. 평화롭게 공존하는 방법에 무지하고, 법안은 취약하며, 그 사실은 매일 쏟아지는 뉴스에서 연쇄적인 학대와 살해를 사실상 방관하겠다는 국가의 의지로 읽힌다. 방관의 참혹함은 오롯이 비인간 동물에게, 그 책임은 개개인의 인간에게 돌아간다.

내 친구는 주기적으로 임시 보호를 한다. 개 농장에서 죽음만 기다리고 있던 개 여럿을 지나치지 못해 빼내다가 벌금을 물었던 적도 있다. 그는 비인간 동물이 인간의 〈재산〉이라는 현실에 울분을 토한다. 개 농장 주인을 몇 번이고 설득해서 〈합법적으로〉 구조하는 것이 최선인 셈이다. 친구는 그렇게 구해 낸 개 대여섯 명을 자기 집에 데리고 있다가 입양을 보냈다. 대형견의 입양률이 가뜩이나 낮은 나라에서 진돗개에 대한 편견까지 더해져 자칫하면 본인이 평생 데리고 살아야 할지도 모를 부담을 안고서 그곳을 지나치지 못하는 이유는 한 가지다. 거기 있으면 죽으니까.

그런 아이들이 도처에 있다. 여기에도 있고 저기에도 있다. 그래서 친구는 쉴 틈 없이 구조를 하고 임시 보호를 하고 입양을 보낸다. 그의 손을 거쳐 가족을 만난 아이들이 마흔

명 남짓 된다. 이렇게 비인간 동물을 책임지지 않는 국가 대신에 그 일을 맡는 개인들이 있다. 죽이지 말라고 소리치는 개인의 목소리가 얼마만큼의 목숨을 구할 수 있을까. 친구는 마흔 명 남짓의 목숨을 살렸는데, 왜 아직도 몇십만 명이나 죽고 있는 걸까. 그 한계를 마주할 때마다 무력감과 함께 묵직한 분노가 저 아래에서부터 올라온다.

그럼 어떻게 하지, 어떻게 하나, 어떡해……. 뭐 어떡해, 〈나는 동물 착취에 반대합니다〉 하고 외치고 다시 행동해야지.

입양 일기

2019년 가을, 술을 잔뜩 마신 채 집에 들어온 나는 바닥에 엎어져 알딸딸한 정신으로 SNS를 켰다. 늘 그랬듯이 구조된 아이들의 가족을 찾는다는 수많은 게시물이 눈에 들어왔다. 한숨을 쉬며 스크롤을 내리다가 자리에서 벌떡 일어났다.

한 아이가 눈에 들어왔다. 입양 문의를 하고, 입양 심사를 거치고, 기존 아이들과 분리할 방을 치우고, 화장실과 밥그릇……. 캣타워는 이참에 하나 더 장만할까?

광주광역시에서 서울까지 땅이는 단 한 번도 울지 않았다. 위험한 바이러스에 노출되어 무지개다리를 건너기 직전에 가까스로 구조된 땅이는 어렸을 적부터 큰 수술을 여러 차례 받아야 했다. 그 탓일까, 집에 익숙해진 후에도 한참 동안 어리광이 없어서 애를 태웠다.

지금은 병원에 가기 싫다고 칭얼거릴 줄도 안다. 그뿐인가. 발톱 세상에서 제일 잘 깎는 애, 방바닥에 대자로 드러누워 길목을 막는 애, 사냥 놀이할 때 사냥보단 퍼포먼스에 중점을 두는 애(다 놓친다는 뜻).

땅이는 우리 집 막내 고양이. 그냥 막내. 완전 막내.

메모 사지 말고 입양하세요!

운수 좋은 삶

수현

운이 좋았다. 한 해가 가기 전에 영화를 한 편 더 찍을 수 있게 됐으니 말이다. 전 세계에 전염병이 창궐했다. 미세 먼지 때문에 방독면을 쓰는 미래는 한 번쯤 상상해 보았지만, 전염병 때문에 마스크를 쓰게 될 줄은 상상도 못 했지. 매일 귀 뒤가 아프다. 바야흐로 전염병의 시대다. 이런 시대에는 지자체나 민간단체의 지원 사업을 잘 뒤져 봐야 한다. 영화 진흥 위원회의 코로나 특별 지원 같은 게 있을지도 모르니까.

거기에 지원했다. 3인으로 구성된 팀에 개인당 220만 원과 영화 제작비 330만 원을 지원해 준다고 했다. 무려 990만 원이다. 330만 원으로 10분짜리 영화를 찍으려면 당연히 사비가 더 들겠지만, 그래도 몇 달 월세는 낼 수 있겠다. 세계적으로 악운이 끼었으나 9백 팀 가운데 3백 팀 안에 들다니 그 와중에 운이 좋았던 셈이다.

감독인 신승은, 감독과 피디 일을 함께하는 친구 그리고 나, 이렇게 세 사람이 팀을 이뤄 신청서를 썼다. 몇 가지 지켜야 할 사항들이 있었다. 첫 번째는 영화와 관련된 영화여야 한다는 것. 두 번째는 러닝 타임이 10분을 넘기지 않을 것. 그에 맞게 우리가 적어 낸 시놉시스는 이러했다.

무더운 여름, 책상에 앉아 시나리오를 쓰고 있는 고정. 오랫동안 풀리지 않는 시나리오가 있다. 뚫어져라 모니터를 바라보던 고정은 그대로 머리를 부여잡으며 엎어진다. 그때 어디선가 나타난 동은. 동은은 고정의 시나리오 속 주인공이다. 고정의 답답함을 아는지 모르는지 근처에서 눈치 없이 돌아다니고 정신 사납게 알짱거리는 동은. 대사를 지우면 사라지고 대사를 적으면 나타난다. 동은은 도대체 무슨 말을 하고 싶은 걸까. 영 알 수 없는 동은의 마음에 고정은 식은땀이 삐질삐질 난다. 선풍기를 켜려는 고정. 아, 설상가상으로 선풍기도 고장이 났다. 엉망진창인 상황에 폭발한 고정. 선풍기에 괜한 화풀이를 하려는데 친한 친구에게 전화가 걸려 온다.

제목은 〈선풍기를 고치는 방법〉. 시나리오는 누가 쓸래.

몇 번의 논의가 있었지만 두 감독님은 너무 바쁘다는 결론이었다. 내가 해볼게! 걱정하지 말고 일들 봐! 뒷일은 내게 맡기라며 큰소리를 빵빵 치고는 호기롭게 자리에 앉았다. 한글 프로그램을 켰다. 하얗다. 새하얀 페이지 위 깜빡이는 커서를 뚫어지게 바라보고 있자니 어느새 나는 고정이었다. 자연스럽게 고정이 되었다. 자, 이동은. 무슨 말이든 해봐.

〈죽이는 게 맞아.〉 동은의 첫말이다. 고정은 말한다. 〈사람들이 이해 못 해.〉

누군가를 죽이느냐 마느냐 하는 기로에서 이야기를 시작하기로 한다. 동은이 죽이고자 하는 인물은 동은의 오랜 친구이자 동료이자 회장인 인자다. 네, 그래요. 누아르 같은 거 찍고 싶었어요. 그동안 수없이 봐왔던 남자들의 누아르. 그런 걸 그대로 가져와서 찍고 싶었다. 그런데 돈은 없고, 아예 작정하고 저예산으로 가자 했다. 그러다가 생각난 이미지가 있었다. 총을 쏘는 동은과 동은의 얼굴에 튀는 깍두기 국물 같은 피, 손을 서서히 내리니 보이는 장난감 총.

인자에게 총구를 겨누기 위해 동은은 소중한 무언가를 잃어야 했다. 가볍게 시작한 이야기였고, 그럼에도 커서는 오랫동안 깜빡였다. 그때 노트북 위에 무언가 난입했다. 따뜻한 타자 위를 좋아하는 우리 집 둘째 앙꼬였다. 맞아, 소중한 존재는 꼭 사람이 아닐 수도 있잖아. 동은과 고정이 대립할 지점이 생겨났다. 고정은 고양이 따위를 위한 복수로 사람을 죽이는 건 말이 안 된다며 말한다. 〈사람들이 이해 못 해.〉 동은은 그런 고정이 한심하다. 〈네가 이해 못 하는 거 아니고?〉 그러다 문득 이런 생각이 들었다. 고정은 예전의 나, 혹은 지금도 내가 인식하지 못하는 깊숙한 곳의 무의식일 수도 있겠구나. 사람을 죽인 사람을 죽이는 것도 윤리적으로 문제가 되는 마당이다. 그러니 고양이를 죽였다고 사람을 죽이는 것에 사람들은 얼마나 공감할까.

동물도 생명이라는 데에 상당수의 사람이 공감하지만, 아직도 동물 보호법은 제대로 제정되지 않고 있다. 그러니 고정은 더더욱 동은을 설득할 수 없다. 게다가 이건 영화니까. 고정이 아무리 다른 방식으로 죗값을 치르게 하려 해도 동은의 친구이자 〈인간〉인 인자는 동은의 손에 죽을 것이다. 둘의 갈등은 고정의 고집과 동은의 깐족거림으로 폭발해 대화로 풀리지만 산 넘어 산, 여전히 내 무의식은 무지했다. 초고에서 이 복수의 결론은 일종의 장난이었다.

말이 끝나기가 무섭게 핑 소리와 〈악!〉 하는 단말마가 함께 들려온다. 동은의 얼굴에 튀는 물감. 너무 새빨개서 물감 티가 난다. 천천히 손을 내리는 동은. 동은의 손에는 장난감 총이 쥐여 있다.

「컷! 오케이요!」

말과 함께 화면이 꺼지고, 참고 있던 웃음소리와 말이 뒤섞인다.

「총 안 나오는 거 맞지?」

「네, 총 나오기 전에 끊을 거예요.」

「배우님, 수건! 피 닦으세요!」

「아니, 이거 피 뭐냐고.」

「깍두기 국물인 줄.」

「후반 작업 때 어떻게든 해볼게요.」

쓰면서도 뭔가 이상했다. 근데 그게 뭔지 정확하게 몰랐다. 인간으로 태어나 인간으로 살아온 내 한계겠지. 스태프들과 회의를 했다. 직관적으로 잘못된 지점을 파악할 수 있었으면 좋으련만, 그러지 못해서 여러 가지 상황을 대입했다. 그 소중한 존재가 사람이나 아이였다면, 혹은 친구였다면 저렇게 웃을 수 있을까? 하나하나 짚어 보다가 깨달았다. 고양이를 소재로써 그냥 소비해 버린 지점. 어쨌든 인자를 죽였고, 그러니 됐다고 마음을 놓았다. 마지막에는 어떤 고집으로 꼭 장난감 총이 보여야 한다고 생각했다. 자연스레 그걸 보고 깔깔 웃는 장면이 떠올랐다. 이 이야기는 코미디 판타지로 시작됐고, 그 안의 이야기는 누아르였다. 두 겹의 영화를 진행시키기 위해 고양이를 소재로 가져와 사용해 버린 꼴이 되었다. 어떻게 웃으며 끝낼 생각을 했지. 알고 있었지만 역시 난 멀었다. 최악이다.

빠르게 변하는 세상은 꽉 막힌 강변 북로에서 설설 기는 포르셰 같다. 더 게을러지기 위해 치열하게 산다는 건 아무래도 영 이상하지만, 그래서 친구 전화번호를 예전만큼 열심히 외우지 않아도 되는 세상이 완성되긴 했다. 어딘가에 저장된 데이터가 1초 만에 수많은 정보를 불러와 주고 나는 그걸 그냥 믿어 버리니, 쉽다.

누군가 고양이를 〈마리〉라는 단위 명사로 세는 것이 이상하다 했다. 게으른 세상에서 발을 걸어 주는 이는 소중하고, 선풍기의 전선이 엉켜 있어서 다행이다. 맞아, 그러고 보니 정말 이상하다. 고양이, 강아지, 돼지, 소 가릴 것 없이 동물이라는 대명사에 묶이고 인간만이 분류된다. 나랑 네가 있으면 우리는 두 명이고, 너랑 내가 있으면 인간 한 명과 고양이 한 마리가 된다. 그러니까 의미 없는 종이 쪼가리 위에 너랑 내 이름이 나란히 놓일 일 따위는 없을 거라는 절망이다. 편리함을 위한 구분은 다르게 인식되고, 다른 것은 종종(거의 대부분) 틀린 것으로 결론이 난다. 개를 발로 차는 인간은 세간의 손가락질을 받고 끝나지만, 인간을 물어 버린 개는 그걸로 끝나지 않는 것처럼……. 운이 좋았다. 내가 쉽게 죽지 않는 건 운 좋게도 인간이어서, 그뿐이다.

선풍기를 고치는 방법

수현

1. 스튜디오 / 오후

한눈에 들어오는 새하얀 스튜디오. 의자 하나 놓인 공간에 줄무늬 반팔 티셔츠를 입은 고정(33)이 의자에 널브러져 앉아 있다. 하나로 질끈 묶은 머리에 땀이 삐질삐질 흐른다. A4 용지로 부채질을 하며 허공을 보는 고정. 그 맞은편의 하얀 공간에 서 있는 동은(40). 고정이 작은 목소리로 중얼거리기 시작한다.

고정 동은이는…… 동은이가 말한다…… 아니, 동은이가 턱을 만지며…… 아니, 동은이가 얼굴을 세수하듯 쓸어내리며 말한다. 나는 네가…….

고정의 말에 맞춰 움찔거리는 동은이 번갈아 보인다.

고정 근데 선풍기가 왜 갑자기 안 되지.

고정의 생각이 선풍기에 미치는 순간 동은이 놀라 고정을 바라본다.

2. 고정의 방 / 오후

벌떡 일어나는 고정. 선풍기 앞으로 간다. 선풍기 앞에 털썩 주저앉는 고정. 버튼을 이리저리 눌러 보고 코드를 빼서 다른 구멍에 꽂아 보지만 여전히 작동하지 않는다.

3. 스튜디오 / 오후

하얀 스튜디오에 선풍기와 고정이 앉아 있다. 머리를 부여잡으며 갸웃하는 고정. 선풍기를 슬쩍 바라보더니 별안간 선풍기 머리를 팍 때린다. 선풍기 머리가 댕댕 흔들리며 뜨는 타이틀. 〈선풍기를 고치는 방법〉.

4. 고정의 방 / 오후

책상 앞에 앉아 삐질삐질 땀이 흐르는 머리를 부여잡은 고정의 손이 보인다. 책상에는 노트북이 놓여 있고 두통약 등 이런저런 약통이 놓여 있다. 눈을 감고 미간을 찌푸리며 뭔가를 생각하는 듯한 고정. 잠시 고민하더니 눈을 번쩍 뜨며 말한다.

고정 〈네가 망가져 가는 걸 보는 게 힘들어〉 어때?

맞은편에 까만 셔츠를 입고 삐딱하게 서 있던 동은이 바로 받아친다.

동은 죽이는 게 맞아.

책상에 쌓여 있는 A4 용지 몇 장을 들고 부채질을 하기 시작하는 고정. 김이 빠졌다는 듯 심드렁하게 말한다.

고정 백번 말했지만…… 고양이 때문에 사람을 죽일 수는 없어.

동은 (화를 누르며) 고정, 나 그렇게 침착할 수 있는 상황이 아니야.

고정 나도 알아. 그래도 그건 안 돼. 사람들이 이해 못 해.

동은 네가 이해 못 하는 거 아니고?

고정 야, 나도 고양이 키워 봤다니까? 고양이 사랑하…….

동은 그럼 그 고양이를 죽이지 말았어야지.

잠시 멈칫하던 고정이 되레 예민해진 투로 반응한다. 하지만 농담처럼 가볍게 말하려는 고정.

고정 나도 다 생각이 있어. 깐깐하게…….

책상에 엎어지는 고정. 크게 한숨을 쉰다. 그런 고정을 바라보다가 고정이 엎어져 있는 책상을 세게 내리치고 이동하는 동은.

고정 아, 깜짝이야!

그 바람에 고정은 깜짝 놀라 일어나고 보이는 건 어느새 고정 왼편 커튼 앞에 서서 담배를 물고 있는 동은이다.

고정　너 갑자기 뭐야? 그 담배?

동은　(성냥을 켜며) 10쪽. 봐봐.

고정이 벌떡 일어나 동은이 입에 문 담배를 빼앗는다.

고정　그때는 네가 너무 힘들었으니까 피운 거고.

빼앗은 담배를 들고 의자에 털썩 앉는 고정. 동은이 어이없다는 듯이 고정을 본다.

고정　이건 죽겠을 때 도피처란다.

동은　(담배를 다시 꺼내며) 그러니까.

고정　너 자꾸 〈그러니까, 그러니까〉 하면서 아는 척할래? 뭘 안다고…….

담배를 또 빼앗아 입에 무는 고정. 어느새 전자 담배로 바뀌어 있다.

고정 (담배 연기를 뿜으며) 나대지 마.

진담이 섞인 듯한 농담을 하는 고정. 그런 고정에게 무슨 말을 하려다 입을 다무는 동은을 보며 한번 어색하게 웃고는 고개를 돌리는 고정.

5. 스튜디오 / 오후

살짝 예민해진 고정의 얼굴 위로 타자 소리가 들린다. 고정의 얼굴 위로 써지는 글자. 마주 앉은 동은과 인자. 침묵이 이어지다가 동은이 말을 한다. 「할 말 없어?」 잠시 가만히 서 있던 동은이 조명을 켠다. 노란 불빛이 약하게 공간에 스민다. 「그럼 내가 먼저 말할게. 인자야, 너 요즘 이상해.」 동은의 말에 말없이 담배만 태우는 인자. 화면을 보지 않고도 대사와 지문을 알고 있는 동은. 본인의 비즈니스를 하면서 말한다.

동은 아는 척하기 싫은데, 네가 나를 너무 모르는 것 같은데. 내가 그런 식으로 말한다고?

대답하지 않고 계속 글을 써 내려가는 고정. 아랑곳하지 않는 인자를 무시하며 동은은 말을 이어 간다. 「우리 처음 손 씻고 다시 시작했을 때를 생각해 봐. 그때 우리가 약속했던 것들이 있었잖아.」 동은의 목소리가 떨리기 시작한다. 조명을 켠 동은이 어디선가 나타난 소품을 옮기다가 말한다.

동은　　아, 몸이 좀 결리네.

옮기던 소품을 내려놓더니 갑자기 몸을 쭉쭉 뻗어 스트레칭을 하기 시작하는 동은. 신경이 쓰이지만 애써 모른 척하는 고정. 눈물이 날 것 같지만 꾹 참으며 말을 이어 가는 동은. 「내가 이런 말 한 적 있었나? 내가, 내가 그때 다 정리하고 떠나려고 했을 때, 네가 우리 잘할 수 있다고…….」 동은의 몸짓이 너무 커서 고정의 눈앞을 휙휙 가린다. 신경 쓰이는지 동은에게 향할 뻔하다가 간신히 돌아오는 고정의 눈동자. 집중하려는 고정. 「이런 상황에 휘말리게 해서 미안하다고.」 요란하게 스트레칭을 하다 문득 뭔가 생각났는지 세모 모양 스툴에 앉아 사뭇 진지하게 말을 꺼내는 동은.

동은　　근데 그 얘기 들었어?

진지한 목소리에 속지 않겠다는 듯 눈을 질끈 감는 고정. 「일이 이렇게까지 될 줄 몰랐고 그 책임을 지겠다고. 그래서 네가 참회하는 마음으로 사업도 제안했고.」 속사포로 랩을 하듯 말하는 동은.

동은 안 촉촉한 초코칩 나라에 살던 안 촉촉한 초코칩이 촉촉한 초코칩 나라의 촉촉한 초코칩을 보고 촉촉한 초코칩이 되고 싶어서 촉촉한 초코칩 나라에 갔는데 촉촉한 초코칩 나라의 문지기가 〈넌 촉촉한 초코칩이 아니고 안 촉촉한 초코칩이니까 안 촉촉한 초코칩 나라에서 살아〉라고 해서 안 촉촉한 초코칩이 촉촉한 초코칩이 되는 것을 포기하고 안 촉촉한 초코칩 나라로 돌아갔대. (원래 속도로) 너무 슬프지 않니…….

얼굴을 가리고 흑흑 우는 동은. 「그래. 그때는 진심이었겠지. 난 네 눈빛만 봐도 알아.」 고정이 반응이 없자 아무렇지 않게 눈물을 훔치곤 고정 앞으로 걸어가 말을 이어 가는 동은.

동은 고정, 바쁘겠지만 인사해. 저기 계신 저분이 박 법학 박사이시고 여기 계신 이분이 백 법학 박사이셔.

동은이 소개할 때마다 뿅 하고 나타나는 박 박사와 백 박사.

동은 아, 그리고 이분은 한국 관광 공사 곽진광 관광과장이야.

뿅 하고 나타나는 곽진광 관광과장의 뒷모습. 획 돌리면 〈곽진광〉이라는 이름표가 화면에 들어온다. 눈을 감고 신들린 듯이 타자를 치는 고정. 헷갈리지 않기 위해 쓰고 있는 대사를 작게 중얼거린다. 「그때 너한테 정말 고마웠어. 그렇게 말해줘서. 네가 진심으로 용서를 빌었다고 생각했어. 근데 지금은 그런 생각이 들어. 진심이었을까? 그때 네가 나한테 했던 말들이, 아니 같이 해 온 모든 것들이 정말 진심이었나? 그래도 나는 너를 절대 떠날 수가 없겠지. 그래, 그게 문제였던 거야.」 결국 감정이 폭발해 버리고 마는 동은. 「그 고양이는 죽었어. 너 때문에.」 꿈쩍 않는 고정을 잠시 바라보다가 다시 말을 거는 동은.

동은 설득 좀 그만하자. 어? 햄스터야? 쳇바퀴 몇 번 더 돌까? 정, 고정, 이런다고 될 일이 아니라니까. 이보세요, 고정? 저기요.

점점 더 정신이 산만해지는 고정. 「우리가 시작한 일이, 이렇게 되어 버릴 줄 알았다면, 그때 말렸어야 했는데. 그 전에 멈췄어야 했는데.」 눈을 감고 감정을 추스르며 동은이 말한다. 「죗값을 치르자. 자수해.」

동은 (한숨 쉬며 고개를 젓는) 야, 출출하지?

고정 (본다.)

동은 (뭔가를 건네며) 먹어.

고정 뭔데?

동은 톱밥.

갑자기 나타난 톱밥을 고정에게 휙 뿌리는 동은. 톱밥이 흩날린 채로 잠시 화면이 멈춘다. 다시 화면이 움직이고 동은의 방해에 짜증이 폭발해 벌떡 일어나는 고정.

고정 너 왜 그래, 진짜!

동은 (버럭) 너야말로! 내가 무슨 햄스터야!

노트북을 팍 닫아 버리는 고정. 되감기는 동은의 목소리. 사라진 동은.

6. 고정의 방 / 오후

자리에 털썩 앉는 고정. 더운지 옷을 파닥거리다가 벌떡 일어나 성큼성큼 주방으로 향하는데 동은의 발이 나타나 고정의 발을 건다. 우당탕 걸려 넘어지는 고정.

고정 악!

무릎을 부여잡고 작게 욕지거리를 하며 아파하더니 돌아보는 고정. 고정의 시선 끝에 빳빳하게 꽂혀 있어야 할 멀티탭이 늘어져 있다. 고정 앞으로 동은의 손이 들어와 멀티탭 선을 들어 올린다. 밧줄을 감듯 천천히 멀티탭을 감는 동은. 질질 끌려오는 코드. 선풍기 코드가 꽂혀 있는 유난히 긴 멀티탭이 돌돌 말리더니 뽑혀 있는 멀티탭 코가 손에 잡힌다. 멀티탭을 들어 올리는 동은. 멍하니 코드를 바라보는 고정. 동은이 멀티탭 구석 자리에 코드를 꽂자 미풍으로 불어오는 선풍기 바람이 고정의 얼굴에 닿는다. 고정 앞에 쪼그려 앉는 동은.

동은 얘기 좀 하자.

서로를 바라보는 둘. 그 모습이 묘하게 비슷해 보인다.

7. 고정의 방 / 밤

고정 너 때문에 멍들었어.

선풍기 바람을 맞으며 침대에 철퍼덕 누워 있는 고정. 머리칼이 조금 떡 져 있지만 처음으로 기름때 없이 말끔한 얼굴이다. 동은은 보이지 않고 목소리만 들린다.

동은(v.o.) 자기가 걸려 넘어져 놓고.
고정 아, 사과해.
동은(v.o.) 미안해.

동은이 진지하게 사과를 하자 말문이 막히는 고정. 머쓱하게 사과를 한다.

고정 나도 미안.

동은(v.o.) 뭐가?

고정 그냥…… 화 많이 났을 텐데……. 내가 멍청했어. 미안해.

잠시 말이 없는 둘. 이내 고정이 입을 뗀다.

고정 너는…….

말하다 말고 큼큼 헛기침을 몇 번 하더니 다시 입을 떼는 고정.

고정 너는…… 왜 자꾸 인자를 죽이려는 거야? 아니, 죽이지 않고도…….

동은(v.o.) (말을 끊으며) 죽이는 거 아니야.

멈칫하는 고정. 동은이 말한다.

동은(v.o.) 살리는 거지.

동은의 말에 작은 탄식과 함께 얼굴을 감싸는 고정. 무거운 침묵이 흐른다. 이내 입을 떼는 고정.

고정 사람 밥이었으면…… 그딴 거 안 탔겠지.

동은(v.o.) 응.

고정 중국은 걸리면 사형이래.

동은(v.o.) 먹는 거로 장난치면?

고정 응.

동은(v.o.) 사람이 먹는 것만.

고정 응.

동은(v.o.) 인자가 죽으면 진짜 슬플 거야.

고정 그리고 너는 감옥 보낼 거야.

동은(v.o.) (웃으며) 응.

점점 어두워지는 화면. 잠깐의 정적. 웃음기가 잦아들고 동은이 말한다.

동은(v.o.) 근데 어쩌겠어.

고정과 동은이 동시에 말한다.

고정 / 동은(v.o.) 고양이가 살아야지.

암전. 어두운 화면 위로 고정의 말이 들려온다.

고정(v.o.) 대신 조금 허접해도 봐줘. 나 예산이 없…….

고정의 말이 채 끝나기도 전에 넘어가는 화면.

8. 스튜디오 / 밤

휴대 전화 신호음이 들리며 화면 비율이 서서히 바뀐다. 신호음 위로 보이는 스튜디오 공간 한편. 파란 조명이 비춘다. 사료로 보이는 포대와 알 수 없는 색색의 가루가 담긴 자루가 동그랗고 세모난 스툴 위에, 바닥에 널브러져 지저분하다. 의자에 앉아 담배를 태우는 동은. 그 앞에 놓인 하얀 원탁 테이블에는 작은 봉투가 사료를 소분하다가 만 듯 놓여 있고, 다 피운 담배꽁초들이 담긴 재떨이가 놓여 있다. 그 옆 끄트머리에 삼색 고양이 그림이 꽂힌 작은 액자가 세워져 있다.

누군가 전화를 받는다. 전화를 받는 동은의 모습이 보인다.

동은 물어볼 게 있어서 전화했어. 인자야, 내가 마지막으로 물을게. 끝낼 생각 없냐, 이 사업. (사이) 그래, 알았다.

툭 끊기는 전화. 휴대 전화를 쥔 손을 천천히 내리는 동은. 치미는 화를 누르는 듯 잠시 그대로 멈춰 있더니 총을 안주머니에 챙기며 빠르게 일어선다. 돌아서서 성큼성큼 앞으로 걸어가는 동은. 카메라가 오른쪽으로 빙 돌아 동은의 왼쪽으로 왔을 때 넘어가는 또 다른 공간. 붉은빛이 섞여 오묘한 조명이 비추는 스튜디오 다른 한편이다. 성큼성큼 걷다가 우뚝 서서 총을 들어 올리는 동은. 결국 분을 못 이기고 소리를 지르며 말한다.

동은 씨발, 너 때문에 다 죽었잖아!

흥분한 동은의 모습 위로 마찬가지로 흥분했지만 최대한 억누르는 것 같은 고정의 목소리가 들려온다. 고정의 내레이션에 맞추어 동은과 카메라가 움직인다.

고정(v.o.) 동은의 시선이 정면을 향한다. 총을 겨누고 있는 곳에 인자가 있다. 앞을 응시하며 폭발할 것 같은 화를 억누르는 동은. 그렇게 숨을 고르던 동은이 슬프게 말한다.

동은 너 때문에…… 우리 때문에…… 다 죽었어.

고정(v.o.) 말이 끝나기 무섭게 총을 장전하는 소리가 들리며 탕 소리가 난다. 얼굴에 튀는 피. 천천히 손을 내리는 동은. 밖에서 사이렌 소리가 들려온다.

만족스럽게 〈컷! 오케이요!〉를 외치는 고정. 조명이 꺼지고 하얀 스튜디오로 돌아오며 화면 비율이 바뀐다. 금순의 얼굴에 튄 피를 닦기 위해 튀어나오는 분장 팀. 스태프들의 말이 뒤섞이고 장비를 정리하는 스태프들이 보인다. 아무것도 들지 않은 손으로 얼굴을 감싸며 주저앉는 금순. 그런 금순에게 다가가는 고정이 보인다.

고정 배우님, 진짜 짱이었어요!

금순 (일어서며) 아, 감독님. 이건 죽이는 게 맞네요. 죽여야 되네.

Curiosity kills you

새로운 노래를 만들었다. 조연출로 참여한 손수현 감독의 영화 「선풍기를 고치는 방법」의 엔딩 곡이다. 처음에는 다른 노래가 들어갈 예정이었는데, 저작권을 알아보며 이런저런 회의를 하다가 갑자기 노래가 생각났다.

나는 노래를 만들 때 휴대 전화의 음성 메모를 적극 활용하는 편이다. 호로록 녹음해서 〈이런 느낌 어때요?〉 하며 보냈는데 다행히 감독님이 마음에 들어 해서 엔딩 곡으로 들어가게 되었다. 영어를 잘 못해서 「I cannot speak English very well」이라는 곡도 있는 내가 영어로 가사를 썼다. 우선 가사와 해석을 옮겨 적는다.

Curiosity kills the cat.

Why did you say like that?

If you love, if you think,

don't do that for my family.

호기심이 고양이를 죽인다.

너는 왜 그렇게 말했냐?

사랑한다면, 생각한다면,

내 가족을 위해 그러지 마라.

People can change, I know.

This is last time, you said.

Turn your wrong head anticlockwise,

then I could live with my family.

사람은 변한다, 알아.

이번이 마지막이야, 네가 말했지.

너의 잘못된 머리를 시계 반대 방향으로 돌려라,

그럼 난 내 가족하고 살 수 있다.

Please don't answer me.

If you answer, I must kill you.

제발 대답하지 마.

대답하면, 난 널 죽여야만 해.

Curiosity kills the cat.

Why did you say like that, my friend?

If you love, if you think,

don't do that for my family.

호기심이 고양이를 죽인다.

친구야, 너는 왜 그렇게 말했냐?

사랑한다면, 생각한다면,

내 가족을 위해 그러지 마라.

이 노래는 호기심이 고양이를 죽인다는 미국 속담에서 출발했다. 「선풍기를 고치는 방법」 속의 또 다른 영화에서 동은은 인자를 죽이려고 한다. 인자가 고양이들을 죽이고 있기 때문이다. 살해 동기는 호기심이 아니라 자본 때문이었고, 사실 동기라고 하기에도 거창할 정도로 인자는 아무 생각이 없었을 것이다. 근데 그런 인자를 죽이려고 하니 영화 속 시나리오 작가 고정이 말린다.

비건을 지향하는 사람들이 모여 〈비건 캠프〉를 연 적이 있다. 거기에 다녀온 친구가 이야기해 준 프로그램 중에 속담 바꿔 쓰기가 있었다. 예를 들면 〈벼룩의 간을 내먹는다〉를

〈딸기의 씨를 빼먹는다〉로, 〈꿩 먹고 알 먹고〉를 〈마당 쓸고 엽전 줍고〉로 바꾸는 것이다. 〈암탉이 울면 나라가 망한다〉라니 타이핑만 해도 기분이 안 좋다. 〈성차별주의자가 나대면 나라가 망한다〉로 바꿔 쓰자는 것이다.

친구의 이야기를 듣고 나니 나도 모르게 사용해 온 종 차별적인 언행에 고개가 숙어졌다. 〈개〉를 붙이는 욕도 그렇고 〈전어 굽는 냄새에 집 나간 며느리도 돌아온다〉, 〈호랑이는 죽어서 가죽을 남기고〉 등등 많기도 하다. 속담 같은 관용어구에는 시대의 차별이 그대로 담긴다. 물론 그 말의 의미는 안다. 하지만 이제 다른 옷을 입혀서 말할 수 있지 않을까.

너무 많다. 게으르면 안 된다. 그렇다고 해서 모르는 사람이 모두 게으른 것은 아니다. 그 말을 쓰는 사람을 미워하기보다는 그 말을 미워해야 하고, 알면서도 쓰는 사람이 있다면 진짜 미워해야 하고, 나를 돌아보고 반성해야 하고, 나를 제대로 미워해야 하고, 내가 지금 저지르고 있는 잘못들을 누군가 말해 주었을 때 잘 받아들이고 개선해야 하고…….

호기심이 아니라 무심함이 무언가를 죽인다. 인식의 채가 있어서 내 생각과 언어의 혐오를 탈탈 걸러 주면 좋겠지만 이 또한 게으른 생각이다. 게으름이 무언가를 해할 것이다. 이 생각의 과정에 우울한 죄책감만 꾹꾹 찬 것은 아니다. 어떤 표현이 잘못된 표현이라는 걸 아는 순간 갑자기 상상력이 생기는 기분이다. 그래, 항상 상상력과 죄책감을 주머니에 넣고 다니는 수밖에. 그리고 뚫리지 않았나 틈틈이 주머니에 손을 넣어 보는 수밖에.

토마토 방

나는 토마토를 좋아한다. 토마토는 그냥 썰어도 맛있고, 올리브유와 발사믹식초를 살짝 뿌려도 맛있으며, 설탕을 뿌려도 (당연히) 맛있다. 볶은 양파가 송송 들어가 있는 토마토 파스타는 한때 내가 가장 좋아하는 음식이었으며, 토마토 수프를 처음 먹었을 때는 내 입맛이 퍼즐 한쪽이고 저 토마토 수프가 내 짝꿍인 퍼즐 한쪽이구나 싶었다. 주연이 아니어도 좋다. 샐러드에 들어가 포크로 잘 찍히지 않는 방울토마토도, 피자에 곱게 발린 토마토소스도, 인스턴트 버거 속 양심처럼 들어가 있는 토마토 슬라이스도 다 좋다. 토마토 매리네이드도, 토마토 주스도, 케첩도, 살사소스도 다 좋다.

토마토는 건강에도 좋다. 토마토가 빨갛게 익어 갈수록 의사들의 얼굴은 파랗게 질려 간다는 유럽 속담이 있을 정도다. 숙취에도 좋아서 자식 없는 내 인생의 효자다. 방울토마토의 꼭지를 따고 나서 보면 신나게 달려가는 모양일 때가 있는데, 그게 또 얼마나 귀여운지……. 하여간 토마토는 재주란 재주는 다 부리는 녀석이다. 안 좋아할 구석이 요만큼도 없는 토마토와 나는 언젠가부터 더 특별한 사이가 되었다.

나의 여러 직업 중 하나는 뮤지션이고, 그 일의 연장선으로 앱 방송에서 라디오 디제이를 맡은 적이 있었다. 〈신승은의 신승생승〉이라는 프로그램이었다. 하루는 토마토를 주제로 진행을 했다. 음악도 토마토에 관한 노래만 선곡했다. 동요인 「멋쟁이 토마토」, 핑크마티니의 「Hang on little tomato」 정도만 생각했는데, 토마토의 쓰임만큼이나 다양한 노래가 있었다. 두 시간 내내 토마토에 대해 정말 신나게 이야기했다.

이후로 몇 달간 더 라디오를 진행하다가 그만두게 되었다. 청취자분들이 아쉬운 마음을 모아 〈신승생승한 토마토들〉이라는 오픈 채팅방을 개설해 주셨다. 시간이 지날수록 당시 청취자분들뿐만 아니라 내 음악을 즐겨 듣는 분들이 모이게 되었다. 〈토마토 방〉으로 불리게 된 그곳에서는 지금도 많은 이야기가 오간다.

나는 점점 토마토와 떨어지려 해도 떨어질 수 없는 사

이가 되었다. 공연이 끝나고 토마토를 선물로 받기도 했으며, 토마토 탈을 머리에 쓰고 공연한 적도 있다. 토마토 방 분들이 토마토 탈을 쓴 내 얼굴 모양의 굿즈를 만들어 주셔서 그 판매 수익을 함께 기부하기도 했다. 각종 음식에 들어가던 토마토는 이제 그릇 속을 넘어 주방 전체에 스며들고 있다. 냄비 받침도 토마토 모양, 젓가락에도 토마토 그림, 술잔에도 토마토 무늬, 찬장에도 토마토 엽서가 붙어 있다. 토마토는 그저 내가 좋아하는 식자재나 취향의 일부를 넘어선 지 오래다.

시끄러운 공간에서도 나와 관련된 정보에는 집중이 되는 현상을 〈칵테일파티 효과〉라고 한다. 혼잡한 술집에서도 누군가 내 이름을 부르는 소리는 알아챌 수 있는 것처럼 나는 이제 토마토가 잘 보이고 들린다. 〈토마토〉라는 옷 가게가 꽤 많은 것을 알게 되었고, 장 볼 때도 토마토에 대한 문구는 눈에 확 들어온다. 그럴 때마다 토마토 방에 사진을 찍어서 올린다. 자의식 과잉 아닐까, 자책을 하면서.

나는 2017년부터 채식을 시작했고, 2019년부터 비건을 지향하기 시작했다. 공연에서 멘트를 하면서 자연스레 내 생활에 큰 반성과 변화를 가져온 비거니즘에 대해 이야기하게 되었다. 비거니즘을 실천하고 계신 관객분들, 관심이 있는 관객분들과 공연을 마치고 대화를 나누기도 한다. 서로 정보를 주고받기도 하고 고민되는 지점에 대해 이야기하기도 한다. 그러면서 토마토 방에는 비건식 사진이 자주 올라오게 되었다. 요리 팁을 나누고 크루얼티프리* 제품 정보를 공유할 때도 있다. 토마토 방은 여러모로 나에게 배움과 안락함, 말로 다 표현 못 할 든든함을 주는 곳이다. 〈곳〉이라고 하니 너무 많은 걸 건너뛴 기분이네. 한 분, 한 분에게 무언가를 계속할 힘을 받는다.

토마토는 과일인가요, 야채인가요? 흔한 질문이다. 토마토는 항상 이 논란의 중심에 서 있다(사실 서 있다기보다는 굳이 따지자면 앉아 있는 느낌이다). 신승은은 남자인가요, 여자인가요? 사람들이 종종 물어 온다. 목소리 때문일까. 아니면……. 이유를 생각하는 것조차 웃기다. 아무튼 음악을 시작하기 전에도 가끔 물어 왔지만, 음악을 하고 나서는 더 자주 그런 질문을 받는다. 직접 묻기도 하고, 댓글로 달기도 한다.

그런 내 목소리를 성별을 감별하는 수단이 아니라 그냥 〈좋아하는 목소리〉로 들어 주는 분들이 토마토 방 안팎에 계신다. 맞아, 그게 뭐 중요한가. 나는 토마토를 이렇게나 좋아하는데. 야채인지 과일인지는 관심이 없으니 들어도 매번 까먹는다. 지금 검색해 보니 야채라고 한다. 그렇구나. 우리 동네 마트 과일 코너에 떡하니 자리 잡은 토마토들을 생각한다. 그 토마토들이 익어 갈 때 누군가의 얼굴은 파랗게 질릴까?

* Cruelty-free. 동물 실험을 하지 않거나 동물성 원료를 사용하지 않고 만들어진 제품.

Outro

밥을 먹다가 생각이 났어

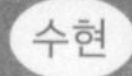

일하는 도중에 가장 많이 하는 말이 있다. 밥 먹고 하자. 그 뒤에 꼭 붙이는 말이 있다. 다 먹고 살자고 하는 일인데.

밥을 제때 안 먹으면 성질이 나는 이가 있다. 잔뜩 예민해지기도 하고 빈속엔 할 일을 제대로 못 하기도 한다. 먹는 일은 중요하다. 안 먹고는 살 수 없으니까. 생명은 저마다 다른 방식으로 숨을 쉬지만, 숨을 쉬는 존재는 모두 먹어야 한다. 그럼 어떻게 먹지?

나는 늘 잠자리에 누워서 내일 아침에 먹을 밥을 상상한다. 상상했던 아침을 먹으며 생각한다. 점심엔 뭘 먹지. 점심을 차리며 생각한다. 저녁때 뭘 먹으면 든든할까? 나를 위해, 친구를 위해 재료를 다듬고 가스레인지를 켜다 보면 생각이 계속 꼬리를 물 때가 있다. 요리의 처음과 끝, 그 어디에도 생명은 불필요하다는 사실이 생각의 꼬리 사이에 있다. 옹기종기 둘러앉아 밥을 먹는다. 생각이 떠올라 잠시 숟가락을 내려 놓는다.

아니, 근데 있잖아. 신승은이 겉절이를…….

나를 위해, 친구를 위해 재료를 다듬고
가스레인지를 켜다 보면 생각이 계속 꼬리를 물 때가 있다.
요리의 처음과 끝, 그 어디에도 생명은 불필요하다는 사실이
생각의 꼬리 사이에 있다.

단백질은 어떻게 하느냐는 질문에
든든한 답이 되어 주는 두부.

↑ 앙꼬와 한솥밥 먹는 사이.

→ 빠삭한 고양이의 표정이란 이런 것.

↑ 까끌까끌한 표면에 그렇지 않은 속마음의 츤데레 콩가스. ←… 비건도 버거를 먹는다!

비건 옵션이 빵빵한 술집이자
우연한 만남의 광장인 포인트프레드릭.

영화 만드는 수현.

↑ 노래하는 승은. ··· → 신승은 감독, 손수현 주연 영화 「마더 인로」로 초대된 쇼트쇼츠 국제 단편 영화제.

양송이버섯과 똑같은 모자를 나누어 쓴
친구들.

유달리 수현의 품을 좋아하는
땅이 너는…… 사랑!

야채 전골단

1. 수현의 집, 주방 / 저녁

주방에서 달그락거리는 소리가 들려온다. 수현이 아일랜드 식탁에 앉아서 침을 꼴딱 삼키고 있다. 어딘가 신나 보이는 수현. 곧 승은이 무언가 가득 담긴 커다란 냄비를 들고 오며 말한다.

승은　　먹어 보고 간 덜 됐으면…… 겨자?

수현　　겨자? 고추냉이? 뭐가 좋아?

승은　　(냉장고를 뒤적이다가) 겨자밖에 없네.

수현　　좋아.

승은　　(국물을 맛보며) 소금 조금 더 칠까?

수현　　어, 그래.

승은　　(소금을 넣으며) 근데 소금이…… 이게 굵잖아. 이런 소금이 미네랄이 들어서 더 좋대.

승은의 말을 듣는 둥 마는 둥 하며 국물을 맛보는 수현. 깊은 맛에 미간을 찌푸린다. 그 바람에 한 박자 늦어 버린 반응.

수현 그래? 어머니가 말씀해 주신 거지?

승은 (단호하게) 정원이.

수현 아, 정원이가? 역시 모르는 게 없어.

야채 전골에 정신이 팔린 수현은 내내 냄비만 바라본다. 승은이 소금을 치며 말을 잇다가 소금 통을 내려놓는다. 그제야 둘은 서로를 바라본다. 심각한 표정으로 묻는 승은.

승은 어때? 간이 좀 맞아?

수현 나는 아까도 좋긴 했는데……. 야채 맛으로 채워진 간.

승은 (자리에 앉으며) 느타리 별로 안 뜯었다. 이렇게 통으로 먹어 보려고. 뭔 줄 알지?

수현 응, 알지. 잘 먹을게. 고마워. 겨자 좀 풀자.

이번에는 승은이 수현의 말을 듣는 둥 마는 둥 하며 숟가락을 들더니 국물을 떠먹기 시작한다. 야채를 아삭거리며 씹는 소리와 후루룩 국물을 마시는 소리, 뜨거운지 음식을 입안에서 굴리며 식히는 소리가 식탁을 채운다.

승은 　 으허, 으허.

수현 　 으허, 좋다. 이게 자연 식물식*이지.

승은 　 그렇지. 이제 자주 해봐야겠어. 사실 나 생야채 먹는 거 좋아하니까.

수현 　 나는 예전에 샤부샤부 먹을 때 (칠리소스를 가리키며) 이런 소스 뭐라고 해?

승은 　 (단호하게) 빨간 소스.

승은의 단호한 대답에 웃음이 터진 수현.

수현 　 그래, 빨간 소스. 이 소스를 더 좋아했다? 예전에는 다 소스 맛으로 먹었거든. 이런 데 고기 없으면 절대 안 먹었어. 무조건 다 담가 먹는……. 왜 비건 시작할 때 무조건 콩고기 같은 거 있어야 하잖아.

승은 　 응. 두부라든지.

수현 　 야채만 먹으면 너무 가볍고 속이 허하다 그래야 하나? 뭔가 채워 주는 느낌이 없는 것 같았거든. 그걸 양념 맛으로 채웠는데……. 우리 최근에도 이거 먹었잖아. 그때 깨달은 게 입맛이 바뀌었어. 지금은 간장 찍어 먹는 게 더 맛있거든. 빨간 소스가 너무 센 느낌?

승은 　 응. 맛을 다 해쳐. 근데 없으면 아쉬워.

열심히 먹으면서 수현의 말에 장단을 맞춰 주는 승은. 수현도 다시 먹는 일에 집중한다. 그러다 문득.

수현 자연 식물식은 기름에만 안 볶으면 자연 식물식이야? 그럼 김치찜 같은 건?

승은 글쎄, 나도 잘 몰라. 어제 술 취해서 못 들었어.

수현 근데 김치도 생야채…… 는 아닌가? 절였으니까?

승은 모르겠네. 그거 있잖아, 파프리카랑 당근이랑 김에 싸서 간장에 찍어 먹는 거. 그게 완전 자연 식물식이지.

수현 아, 그거. 먹고 싶다……. 먹자.

승은 (후룩후룩 소리를 내며) 너무 맛있다. 속이 따뜻해진다.

수현 (마찬가지로 후룩후룩 소리를 내며) 이 맛이야.

그러다 문득.

수현 근데 버거킹 플랜트 와퍼 왜 단종되는 거지?

승은 진짜 왜 그러는지…….

수현 수요가 없나? 없을 리가 없는데. 왜냐면 롯데리아도 만들었잖아. 피드백받아서 우리도 설문했잖아. 처음에 미라클 버거 나왔을 때. 그러고 나서 나온 게 그거잖아. 그 뭐냐…….

승은 그것도 없어졌어.

수현의 눈이 커진다. 충격에 잠시 말을 잃은 수현.

수현　그게 어떤 지점에 있고 어디는 없는 게 아니라 아예 없어진 거야?

승은　그런 것 같아.

수현　어쩐지 요즘 안 보이더라. 나는 새로 나온 게 더 맛있었는데…….

승은　나도.

수현　근데 어떤 사람들은 미라클 버거가 더 맛있다고 하더라.

승은　(단호하게) 연경이.

수현　(웃으며) 아, 연경이. 아까부터 엄청 단호하네.

본인이 웃겨 놓고 정작 아랑곳하지 않으며 계속 음식을 먹는 승은. 야채의 식감에 끊임없이 감탄만 내뱉을 뿐이다. 표고를 한입 베어 물며 감탄하는 승은.

승은　아, 식감.

수현　나 근데 표고도 안 좋아했어.

승은　맞아. 근데 이 표고 왜 이렇게 맛있지?

수현　표고가 역했는데……. 진짜 유일하게 못 먹는 버섯.

승은　표고 더 있으니까 먹고 또 넣어도 돼.

수현 다음에 야채 넣을 때는 감자도 넣자. 이런 게 건강한 거지. 그래서 우리 혈관 1등급 나왔잖아.

승은 그러니까.

수현 그거 진짜 기분 좋더라. 그렇게 기분 좋을 줄 몰랐는데.

승은 응. 사람들이 비건 지향하고 변화가 있느냐고 하는데, 솔직히 난 잘 모르겠거든.

수현 (뭔가를 질겅거리며) 맞아. 생리통도 없어졌다가 다시 생겼다며……. 근데 이거 꽁다리가 왜 이렇게 질기지?

승은 그게 맛있어.

수현 표고도 하나 더 넣을래. 아무튼 그래서 기분이 좋은가 봐. 눈에 보이는 효과를 얻기 위해서 하는 건 아니지만, 말할 근거가 생겼다고 해야 하나.

승은 맞아. 사실 건강 때문에 하는 건 아니지만, 그래도…….

수현 근데 건강 때문에 시작할 수도 있는데. 나도 그랬고. 일단 시작을 해야 하잖아. 그랬을 때 근거가 되어 줄 수 있으니까. 그런 의미에서 그 책이 궁금하긴 해.

승은 『채식의 배신』?

수현 어. 도대체 뭘 어떻게 먹었길래 채식이 배신했냐.

승은 자기가 배신해 놓고.

수현 (웃음) 그 저자, 정크 푸드 많이 먹었다던데.

승은 비건이라면서 감자튀김만 먹는 사람도 있잖아.

수현　　논비건도 그렇게 먹으면…….

승은　　그러니까. 논비건의 배신, 이런 건 없잖아. 육식의 배신.

수현　　응. 그런 말은 없잖아. 아무거나 막 먹어서 몸 안 좋아지는 경우가 되게 많은데. 그런 경우는 그런 식으로 프레이밍 안 하면서.

승은　　맞아. 아, 땀 삘삘 난다.

수현이 옆에 있던 수건을 건넨다. 수건을 받아 들고 땀이 송골송골 맺힌 이마를 닦아 내는 승은.

수현　　그것도 먹고 싶어. 비건 감자탕.

승은　　응, 비건 감자탕. 정원이가 해준 거.

수현　　고추장 베이스 먹고 싶다. 그것도 빨리 먹어야 해, 김치찜. 김치 한 통 있거든. 그거 먹고 또 시켜야지.

승은　　응. 덥다.

수현　　보양식이야.

승은　　땀이 쫙 나.

수현　　좋은 거야.

승은　　해장.

수현　　해장을 너무 늦게 하는 거 아니야? 오늘은 양심적으로 술 먹겠다는 말 안 하네.

머쓱하게 웃음 짓는 승은.

수현	나는 이거 먹고 요가나 해야겠다. 몸 결려.
승은	전골 먹고 요가 하고 딱 자면 아침에 흰 수염 나 있는 거 아니야?
수현	(웃음이 빵 터지며) 미쳤어.
승은	아, 새송이를 안 넣었네? 2라운드에 새송이, 표고, 감자…….
수현	배추도 좀 더 넣을까?
승은	오케이.
수현	나 배추 익은 거 좋아. 익은 게 아니라 삶아진 거.
승은	청경채도 추가하고?
수현	좋아. 표고 두 개 넣을래.

2. 수현의 집, 주방 / 저녁

가스레인지 앞에서 수현과 승은이 전골을 데우고 있다. 승은이 손질된 배추와 버섯을 추가로 넣는다.

수현	(나른하게) 배부르다. 좋다.
승은	(잔뜩 나온 윗배를 만지며) 어후.
수현	야채로 배부르다는 걸 최근에 알았어. 사람 몸이 진짜

변하나 봐. 그렇지?

승은 (간을 보며) 이제 3년이다.

수현 벌써? 겨우인가? 35년 살았는데 이제 고작 3년 비건 지향하는 거니까.

승은이 냄비를 보는 표정이 영 마뜩잖다.

승은 두 번째로 끓이니까 재료들이 안 예쁘게 들어갔네.

수현 괜찮아.

승은 내가 또 예쁘게 하는 거 좋아하니까.

수현 맞아. 친구들 중에서 제일 플레이팅 신경 쓰잖아.

승은 근데 잘 못해.

수현 잘해. 근데 가끔 이상할 때 있긴 있어.

승은 특히 샐러드.

수현 맞아. 샐러드는 약간 무심하게 해야 하는데, 승은이 센티 재서 「그랜드 부다페스트 호텔」처럼……. 그 감독 이름 뭐더라?

승은 웨스 앤더슨. 아, 1초 늦었으면 자존심 상할 뻔했네. 이제 됐겠지? 감자가 있어서 조금 더 끓여야 하나.

수현 감자 얇게 썰었잖아. (보고는) 조금 더 해야겠다.

승은 (간 보고) 표고가 센데.

수현 표고가 세 개 들어가서 그런가.

승은　　깻잎을 좀 넣어 볼까.

수현　　내가 깻잎을 많이 산 이유는 애들하고 콩고기 파티를 하려고.

승은　　내가 제일 좋아하는 파티잖아.

수현　　요새 친구들 다 못 챙겨 먹는다네. 라면만 먹는다네.

승은　　자, 이제 먹어 볼까? 표고가 세긴 한데…….

승은이 가스 불을 끈다.

3. 수현의 집, 거실 / 저녁

승은이 김이 모락모락 나는 전골 냄비를 가져온다. 수현도 따라와 식탁에 앉는다.

수현　　맛있겠다! 고마워. 표고 많이 세? (한입 먹고) 괜찮…… 아, 끝에 있구나. 있긴 있네. 일단 표고를 빼자.

승은　　(다시 먹기 시작한다) 그래.

수현　　근데 생야채 많이 먹으면 구충제 꼭 먹어야 한대. 아무리 많이 씻어도.

승은　　저 비건 과일 세정제 뿌려도?

수현　　그래도 뭐 구충제는 먹으면 좋지.

승은　　맛있나?

수현 구충제?

승은 응.

수현 (어이가 없다) 먹어 봤잖아. (감자 먹고) 음…….

승은 맛있어?

수현 완전 포슬이야, 감자 포슬이. (화제를 바꿔) 노루궁뎅이 버섯, 나는 향이 세서 전에는 힘들었다. 몇 년 전에. 지금은 괜찮을까?

승은 약간 위스키 같잖아. 노루궁뎅이는 보양식으로 먹으면 좋은 거 같아. 〈제로비건〉에서 먹었던 것처럼.

수현 그거 되게 맛있지 않았어? 간 지 오래됐다.

승은 머니까.

수현 어, 이 표고 완전 맛있다. 이거 왜 맛있지.

승은 나 먹어 봤어.

수현 이거 먹어 봐. 하나만 먹어 봐. 버섯마다 다르잖아.

승은 (한입 먹더니) 진짜 보양이다. 나중에 이자람 님 놀러 오시면 이거 해드려야지.

수현 콩고기도 구워서 냉면이랑……. 너무 한 상인가?

승은 생일 파티.

수현 떡볶이랑…….

승은 케이크.

둘 다 어이없이 웃는다.

승은　(한입 먹더니) 아, 이게 보양이지. 나 요새 횟집 앞에 지나갈 때 수조 때문에 힘들어.

수현　원래도 물살이** 때문에 힘들어했잖아.

승은　어. 근데 그거랑 다른 느낌으로? 옛날엔 무서웠는데 지금은 끔찍해.

수현　나는 요새 그런 생각을 한다. 가끔 수조 앞을 지나면서, 어쨌든 아직 물살이들이 살아 있는 상태잖아. 근데 인간이 지나가잖아. 사실은 마음만 먹으면 구할 수 있는 거잖아. 입장 바꿔서 인간을 먹는 존재가 있는데, 인간이 갇혀 있는데, 그 존재가 그냥 보고만 지나가면 진짜 야속할 거 같다? 인간 중심적으로 상상한 거긴 하지만 어쨌든 간에……. 죄지으면서 지나가는 느낌.

승은　난 도망치듯이 가. 비겁한 거지.

수현　근데 법적으로는 사적 재산이니까 훔치는 거잖아. 나는 이 책에서 승은이가 쓴 말이 공감이 됐어. 페스코일 때 고기를 안 먹는 게 아니라 점점 생선을 많이 먹는 사람이 되어 있었다는 거. 나도 그랬던 거 같아.

승은　라디오 디제이 할 때 방송에서 마이크에 대고 회 먹는 소리 내고…….

수현　비건 청취자분 계셨으면 기분 안 좋으셨을 거 같다.

승은　응…….

수현　데뷔 초에 고기 안 먹는 감독님을 만났는데, 그 자리에 그 감독님 빼고 다 논비건이었거든. 옆에서 다 고기 먹고. 그때 기분이 어떠셨을까. 답답했을 거 같아. 그분 〈비건키친〉도 자주 오시는 것 같던데.

승은 그래? (땀을 닦으며) 아, 땀을 이렇게 흘린다.

수현 너 이에 청경채 꼈어.

승은 (물로 이를 헹구며) 아이…….

수현 밑으로 살짝 내려왔어.

승은 아이…….

승은이 민망해하며 물을 한 잔 더 마신다.

수현 승은아, 면 말아.

승은 못 말아. 나 배 엄청 불러.

수현 국물 아깝다. 남으면 팔팔 끓여서…….

승은 (단호하게) 오늘 먹을 거야.

수현 이걸 어떻게 다 먹어.

승은 (국물을 마시며) 진짜 온몸에 땀 났어.

수현 이렇게 못 먹어서 요새 몸이 골골댔나 봐. 표고 효능을 찾아보고 싶어.

승은 효능 마니아. 그 얘기도 썼어야 했는데.

수현 (검색 중) 표고버섯…… 효능…… 항암 작용에 기대치가 높다. 식이섬유가 풍부하다. 콜레스테롤 수치를 낮춰 준다.

승은 (그러거나 말거나) 배가 부르다.

수현 비타민 디!

승은 더워.

수현 표고버섯이 방사능 흡수를 잘한대. 근데 엄청 많이 먹지 않으면 괜찮대.

승은 어우, 배 터져. 배불러?

수현 터진다.

승은 배가 터져도 죽은 먹어야지.

수현 못 먹겠는데.

승은 그럼 이대로 두고 30분 있다가 죽 먹을까?

수현 좋아. 잘 먹고 산다.

승은이 냄비를 가스레인지로 가져간다. 수현은 배부른 걸음걸이로 소파에 가서 앉는다. 남은 전골 국물이 식어 간다.

* Whole food, plant-based diet. 육류를 제외하고 가공을 거치지 않은 자연 그대로의 식물을 먹는 식단.

** 물에 사는 존재.

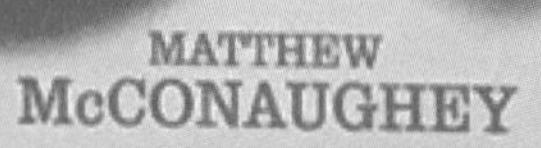
MATTHEW
McCONAUGHEY
INSPIRED BY TRUE EVENTS

지은이

손수현 연기를 하고 간간이 글을 쓴다. 2013년에 데뷔해 여러 작품에 출연했다. 2017년 단계적 채식을 시작으로 현재 비건을 지향한다. 고양이 셋과 주변의 개, 여러 인간 들과 어울리며 잘 살기 위해 고민한다.

신승은 뮤지션이자 영화감독. 「마더 인 로」, 「프론트맨」 등의 영화를 연출했고, 정규 앨범 「넌 별로 날 안 좋아해」, 「사랑의 경로」, EP 「인간관계」 등을 발표했다. 2019년부터 비건을 지향했으며 농담을 좋아한다.

밥을 먹다가 생각이 났어

발행일 **2022년 3월 5일 초판 1쇄**

지은이 **손수현·신승은**
발행인 **홍예빈·홍유진**
발행처 **주식회사 열린책들**

경기도 파주시 문발로 253 파주출판도시
전화 **031-955-4000** 팩스 **031-955-4004**
www.openbooks.co.kr

ISBN 978-89-329-2231-7 03810

이 책은 친환경 재생 용지로 제작했습니다. | KOMCA 승인필